J'AI LU cinéma

Philippe Ross

Le film d'épouvante

Editions J'ai lu

LE BAL DE L'HORREUR

Qui n'a pas vu un ou plusieurs films mettant en scène les exploits du monstre de Frankenstein, de Dracula, du loup-garou, des zombies cannibales et autres créatures surgies de l'imaginaire délirant de ces créateurs de cauchemar ? Qui n'a pas frémi, un jour ou l'autre, devant les exploits sanglants d'un maniaque s'efforçant de battre son prédécesseur en nombre de victimes et en imagination criminelle ?

Et pourtant ! Souvent cantonné dans un ghetto, celui du cinéma bis, ignoré, méprisé ou carrément rejeté par une certaine critique bien-pensante, le cinéma d'horreur a longtemps été considéré comme un genre mineur. Si, aujourd'hui, son importance est à peu près reconnue, s'il a droit de cité à la télévision, ce ne fut qu'au prix de rudes et incessants combats contre les préjugés et, en particulier, contre une censure rétrograde qu'il a contribué à supprimer en partie. Drainant un public aussi fidèle que fanatique, il

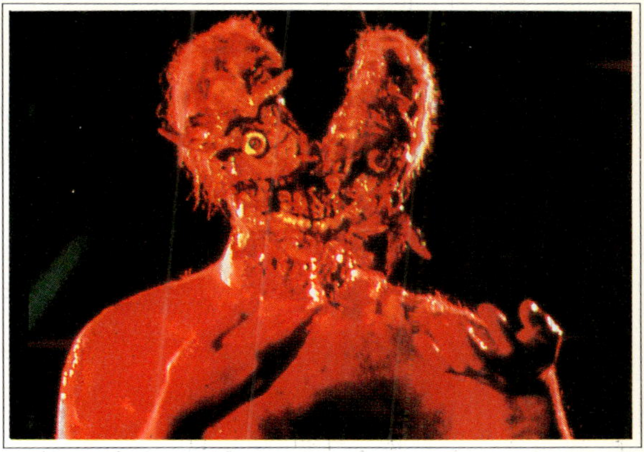

Aux portes de l'au-delà (Stuart Gordon - 1987)

possède ses rites, ses salles, ses festivals, ses revues spécialisées, ses films cultes, ses nanars mais aussi ses chefs-d'œuvre.

Le cinéma d'horreur existe bel et bien; nous l'avons rencontré...

Entrons dans la danse : *Le Bal de l'horreur* (Paul Lynch - 1987)

Best of horror

De tout temps, en tout lieu, les hommes se sont distraits de bien étrange façon. À la mythologie grecque peuplée de monstres terrifiants et de combats sanglants en passant par les tragédies classiques où viol, meurtre, inceste voire cannibalisme étaient monnaie courante, ont succédé les plaisirs malsains de l'arène : combats de gladiateurs, chrétiens jetés en pâture aux lions et autres monstruosités.

Quelques siècles plus tard, les grands drames shakespeariens apportèrent leur lot de meurtres et de cadavres. Plus

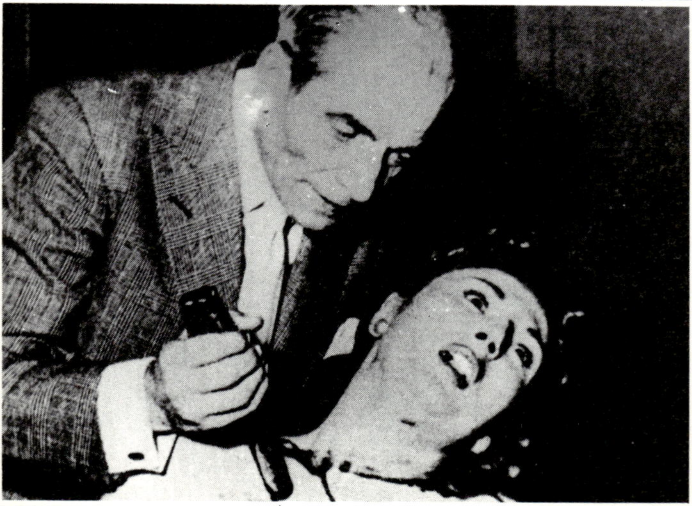

près de nous, une certaine littérature fantastique, à travers les romans d'auteurs de renom tels que Edgar Allan Poe, H.P. Lovecraft, Bram Stoker et bien d'autres, a engendré plus d'une terreur nocturne. Au début de notre siècle, le célèbre Grand-Guignol, « théâtre de l'épouvante et du rire », met en scène des spectacles horribles où l'hémoglobine coule à flots.

Il est donc parfaitement naturel que le septième art se soit emparé, dès ses origines, de ces représentations dramatiques de la terreur. Longtemps bridé par les règles draconiennes d'une censure impitoyable, le cinéma d'horreur est, à ses débuts, resté calfeutré dans le domaine de l'allusif et du sous-entendu. Se débarrassant lentement et graduellement des contingences théâtrales, il a connu, avec l'arrivée du parlant et surtout de la couleur, un essor aussi remarquable qu'inattendu pour devenir aujourd'hui l'un des genres cinématographiques les plus populaires.

Le théâtre du Grand Guignol, ancêtre du film d'épouvante.

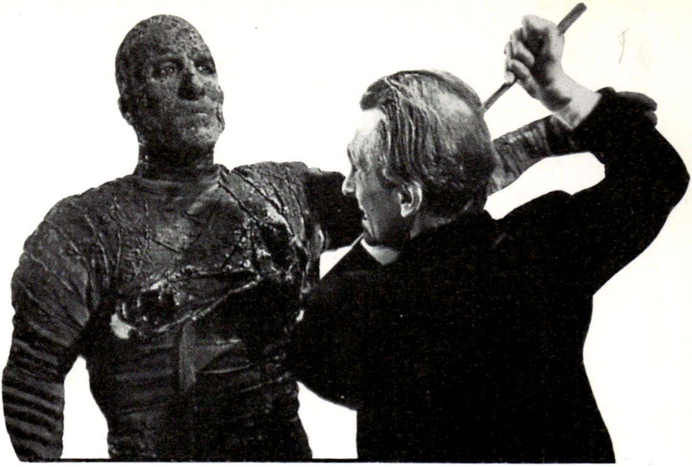

Une vengeance d'outre-tombe : *La Malédiction des Pharaons* (Terence Fisher - 1959)

Sommaire

L'HORREUR SILENCIEUSE

Le Chien Andalou (Luis Buñuel - 1928).

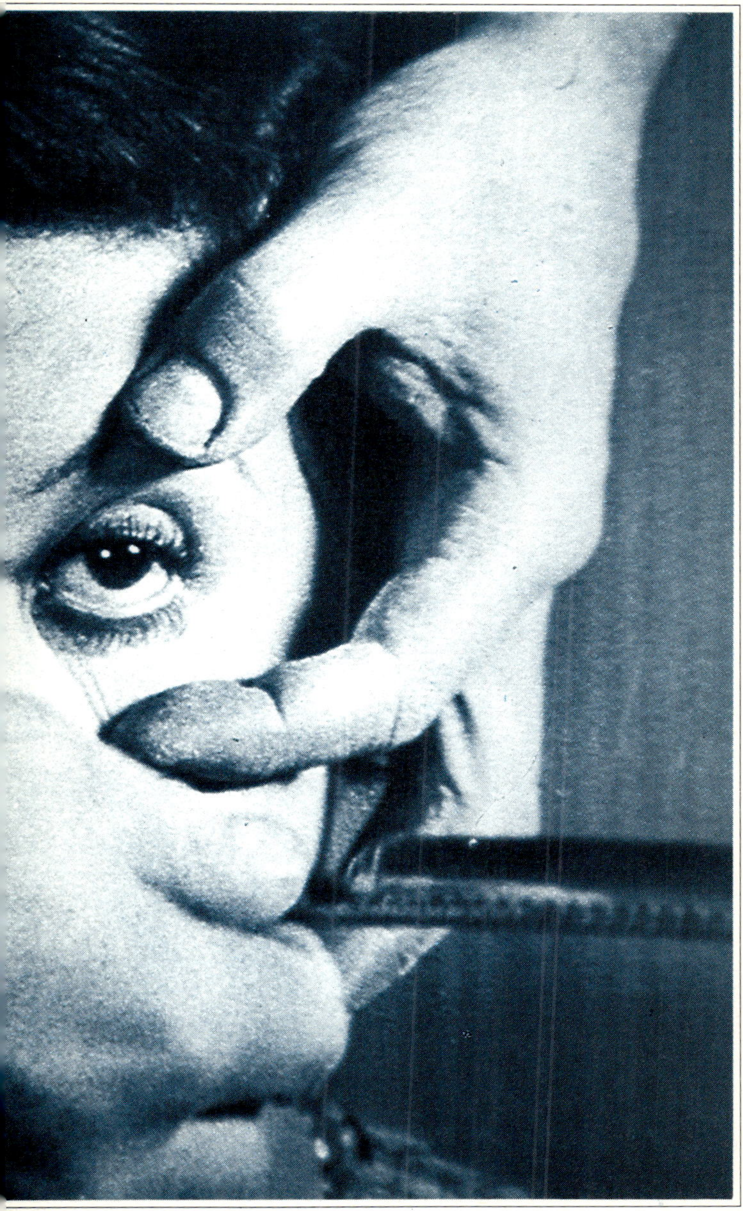

Si l'horreur cinématographique a connu sa pleine maturité avec l'apport bénéfique du son et de la couleur, l'épouvante voire l'horreur sont apparues dès les débuts du septième art sans toutefois s'affirmer en tant que telles. Sous prétexte de véracité historique ou documentaire, le cinéma muet nous a ainsi offert quelques œuvres agrémentées de scènes horrifiques étonnantes dans le contexte de l'époque.

Et tout a commencé avec le cinéma muet

En 1893, le sieur Edmond Khun nous montre la première scène de décapitation à l'écran dans Une mort de Marie Stuart. *Près d'un siècle avant* Vendredi 13, *on peut voir le bourreau trancher d'un vigoureux coup de hache la tête de la malheureuse reine d'Écosse, puis ramasser l'objet sanglant dans la poussière afin de le présenter au public. L'ensemble dure une minute environ, et sans coupures autres que celle de la tête de la souveraine ! Dans un genre plus documentaire,* La Chasse au lion, *du Danois Ole Olsen (1906), décrit la mort et le dépeçage du fauve sur une plage, scène fort cruelle pour les âmes délicates de l'époque. Sous prétexte de véracité historique,*

L'alibi historique

l'Italien Guazzoni agrémente sa version de Quo Vadis ? *(1913) de quelques séquences horrifiques : chrétiens dévorés par des lions, torches humaines flambant dans les jardins de Néron, sans oublier le suicide sanglant*

du poète Pétrone se tranchant les veines dans sa baignoire. Dans un registre similaire, La Sorcellerie à travers les âges, *de Benjamin Christensen (Danemark, 1921), utilise les documents judiciaires du* XVIe *et du* XVIIe *siècle pour nous montrer des nouveau-nés jetés dans des marmites d'eau bouillante, des sorcières copulant avec des démons velus avant d'être torturées par les tenailles des bourreaux de l'Inquisition.*

Tout un programme...

Une violence choquante pour l'époque : *Intolérance* (D. W. Griffith - 1916).

Le célèbre *Intolérance* (1916) de l'Américain Griffith surpasse tous ses prédécesseurs dans le réalisme horrifique. Cette peinture de la cruauté humaine à travers les siècles est illustrée par une violence débridée inconnue jusqu'alors. La description du siège du palais de Balthazar par les envahisseurs perses permet au réalisateur de donner libre cours à ses penchants sadiques : scènes répétées de décollation, lance s'enfonçant lentement dans le ventre d'un guerrier, le sang jaillissant de la blessure au fur et à mesure que la pointe pénètre dans les chairs.

La palme de l'horreur silencieuse

Psychologiquement parlant, le premier choc horrifique impliquant directement le public remonte à 1903 avec la fameuse séquence XIV du *Great Train Robbery*, d'Edwin S. Porter. Dans celle-ci, Barnes, le chef des hors-la-loi, vise en gros plan le spectateur... et tire !

Une scène encore fort éprouvante, *Le Chien andalou.*

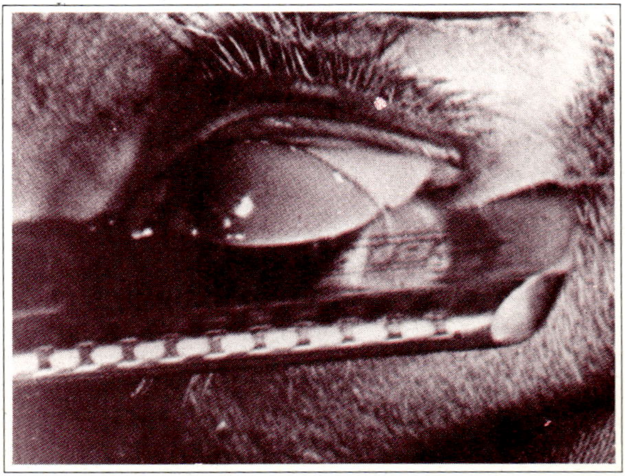

La séquence d'ouverture du *Chien andalou* (1928), de Luis Buñuel, mérite, sans conteste, le grand prix du réalisme horrifique.

Dès 1909, la censure apparaît sur les écrans américains avec le National Board Review of Motion Picture, rapidement suivi, en Grande-Bretagne, du Cinematograph Act, puis de la naissance du British Board of Censors en 1912. Les films d'horreur, encore bien timides à l'époque, sont alors gratifiés d'une mention spéciale avec la lettre H (comme *Horrific*) qui les interdit aux moins de seize ans. Certaines œuvres subissent également des mutilations inadmissibles comme le *Frankenstein* de James Whale (1931), tandis que d'autres sont tout bonnement interdites comme *Freaks* (1932) ou *L'Île du docteur Moreau* (1932). En France, la première commission de censure est créée le 16 janvier 1916 (décision ratifiée par le décret du 25 juillet 1919).

LE CODE HAYS : RÈGLES À SUIVRE ET À NE PAS SUIVRE

Outre les nombreuses mesures concernant le sexe et l'érotisme, le code Hays précisait qu'il était désormais interdit de montrer des assassinats brutaux; les armes à feu devaient être utilisées avec parcimonie sans montrer les impacts de balles sur les corps. Pendaisons, décapitations et électrocutions étaient bannies ainsi que tortures et passages à tabac. Les opérations chirurgicales, les seringues ou les instruments tranchants pénétrant dans la peau devaient être évités dans la mesure du possible. Il fallait se contenter du minimum de sang versé et l'on mourait proprement, les yeux fermés, avec, à la rigueur, un petit filet de sang à la commissure des lèvres. Inutile de dire que nécrophilie, sodomie et autres perversités étaient totalement interdites, de même que les fessées infligées à nu !

Les ravages de la censure

Confortée dans ses positions par une vague de

DRACULA A BEL ET BIEN EXISTÉ !

Le mythe du vampirisme puise ses sources dans des assises historiques bien réelles : fils de Vlad Drakul, le comte Dracula n'est pas du tout un personnage de légende ! Prince dirigeant de Valachie, une province de la Transylvanie du XVe siècle, il fut surnommé « Tepès », l'empaleur, pour sa cruauté et le nombre de ses victimes, sans pour autant se repaître de leur sang ! On notera que *dracul*, en roumain, signifie « dragon » ou « diable » et *dracula* « fils du dragon » ou « fils du diable ».
Le vampirisme obéit à des règles rigoureuses qui en font un cas unique dans le cinéma d'épouvante. En faisant abstraction de tout le folklore inhérent au mythe (ail, crucifix, pieu dans le cœur) dont les origines se trouvent vraisemblablement dans les légendes populaires roumaines, l'aspect érotique trouble du personnage, qui hypnotise ses victimes avant de les mordre voluptueusement de ses canines proéminentes, explique sans doute la fascination qu'il continue à exercer sur le public.

Une créature issue de croyances ancestrales : *Le Golem* (Paul Wegener - 1920).

puritanisme, la censure cinématographique américaine se dote ensuite d'un code de moralité destiné à « purifier » les nouvelles productions cinématographiques hollywoodiennes. Association officielle composée de dirigeants de grandes compagnies comme William Fox, Adolph Zukor, Marcus Loew, Carl Laemmle Jr, Lewis et Myron Selznick ou Samuel Goldwyn, la célèbre M.P.P.D.A. (Motion Picture Producers & Distributors of America), créée en mars 1922, institue le fameux code Hays, tirant son nom du révérend Will H. Hays, président du Comité national républicain et membre du cabinet du président Harding; le code vise à contrôler le septième art en imposant aux scénaristes et aux réalisateurs quelques règles élémentaires de bon goût.

L'horreur expressionniste germanique

C'est en Allemagne que naît la première grande vague horrifique, immédiatement après la Première Guerre mondiale. Intrinsèquement liée à la montée du nazisme, l'horreur expressionniste n'a que peu de rapport avec les débordements réalistes que nous connaissons aujourd'hui.

Un mort vivant avant la lettre... *Le Cabinet du docteur Caligari* (Robert Wiene - 1919).

Si des œuvres aussi notables que *Le Cabinet du docteur Caligari* (1919), de Robert Wiene, *Le Golem* (1920), de Paul Wegener, ou *L'Étudiant de Prague* (1926), de Henrik Galeen, sont parfaitement représentatives de l'expressionnisme germanique, *Nosferatu* est incontestablement son chef-d'œuvre. Tourné en 1922 par Friedrich Wilhelm Murnau, *Nosferatu, eine Symphonie des Grauens* (« Nosferatu, une symphonie de l'horreur », littéralement « des frissons ») est aussi le premier film d'horreur digne de ce nom.

Nosferatu, chef-d'œuvre de l'expressionnisme

Largement inspiré par l'intrigue du roman *Dracula*, de Bram Stoker, dont il reprend les points essentiels en changeant, malgré tout, le nom du vampire (ici dénommé Graf Orlok ou Nosferatu, qui en roumain signifie « non mort »), le film de Murnau possède une

Le " non-mort ", toutes griffes dehors : *Nosferatu* (F.W. Murnau - 1922).

Vampyr (Carl Dreyer - 1931).

atmosphère propre à l'exprêssionnisme germanique dont il marque l'apogée.

Sans atteindre le niveau de *Nosferatu*, œuvre unique dans les annales du cinéma fantastique, *Vampyr* (1931), de Carl Dreyer, s'impose également comme un film phare de l'expressionnisme germanique. Mêlant réel et imaginaire à des connotations religieuses et mystiques, *Vampyr ou l'Étrange Aventure de David Gray* est surtout remarquable par de fascinantes scènes de rêve où le spectateur devient prisonnier d'un cercueil par le biais d'une caméra subjective.

L'horreur expressionniste germanique, par la suite, n'engendra plus d'œuvres aussi notables. Dérangés dans leur agitation nocturne par d'autres créatures démoniaques (assoiffées, elles, de pouvoir), les grands monstres avaient déjà pris la route de l'exil. Franchissant l'Atlantique, ils se retrouvèrent dans les grands studios américains; leur heure de gloire était enfin venue.

ANNÉES 30 ET 40 : LES GRANDS MONSTRES ARRIVENT

Frankenstein rencontre le loup-garou

(Roy William Neill - 1943).

L'horreur Universal

Dans les années 30 et 40, le fantastique est l'apanage quasi exclusif d'une seule compagnie : la Universal. Contournant les interdits, cette firme s'empare des grands mythes littéraires européens pour les adapter, les sublimer dans des œuvres uniques, aujourd'hui considérées comme des classiques du genre. Tous ces films peuvent apparaître bien désuets et démodés en comparaison des excès de l'horreur contemporaine, mais n'oublions pas qu'ils contribuent d'une manière définitive et essentielle à la naissance, au développement et à la popularité du cinéma fantastique.

La Malédiction de la momie (Leslie Goodwins - 1944).

Lon Chaney, alias « l'homme aux mille visages », eut le privilège d'être le premier vrai vampire américain en interprétant un faux monstre plus que convaincant dans *Londres après minuit* (1927), de Tod Browning. Superbement grimé, l'acteur évolue dans un Londres noyé de brume.

Adapté au théâtre à Londres dès 1924, *Dracula*, le roman de Stoker, est ensuite joué à Broadway en 1927, avec Bela Lugosi dans le rôle du comte buveur de sang. En dépit d'un accueil critique désastreux, la pièce remporte un succès public considérable et une version cinématographique s'avère rapidement inévitable. Lon Chaney, un instant pressenti pour le rôle, décède peu de temps avant le tournage. L'acteur hongrois Bela Lugosi, qui le remplace, réendossera la cape noir et rouge plusieurs fois par la suite.

Vamps et vampires

Film d'atmosphère plus que de terreur pure, ce premier *Dracula* cinématographique est une copie fidèle de la pièce. Le vampire est encore dépourvu de ses célèbres canines, sa destruction finale est plus suggérée qu'explicitement montrée.

Dracula avait ouvert la brèche; les dollars rapportés par cette première adaptation décident les pontes de la Universal et de sa concurrente, la M.G.M., à faire revenir le comte vampire et sa descendance pour le meilleur et pour le pire. *La Marque du vampire* (1935), de Tod

Browning, n'est en fait qu'un remake parlant de *Londres la nuit.* Un inspecteur de police et un professeur enquêtent sur une série de meurtres vampiriques commis dans un petit village de Tchécoslovaquie, pour finalement découvrir que les prétendus monstres ne sont, en réalité, que des acteurs. Le double rôle interprété par Lon Chaney dans la première mouture est, à présent, attribué à Lionel Barrymore et à

Dracula sort de l'au-delà

l'inévitable Bela Lugosi. On retrouve dans le film cette même atmosphère morbide, ce même décor gothique orné de toiles d'araignée qui font tout le charme du premier *Dracula*, à tel point d'ailleurs que la M.G.M., productrice de l'ensemble, préfère changer les noms des protagonistes principaux de l'intrigue pour éviter tout procès; le comte Dracula devient ainsi le comte Mora,

LON CHANEY, ROI DE L'ILLUSION

Surnommé « l'homme aux mille visages », Lon Chaney (1886-1930) fut l'une des plus grandes stars du muet. Né de parents sourds-muets, il développa très rapidement des dons de mime mais devint surtout célèbre par ses talents de maquilleur. Il ne se déplaçait jamais sans une mystérieuse petite boîte noire contenant son nécessaire de maquillage, grâce auquel il se métamorphosait en Quasimodo, en fantôme de l'Opéra, en vampire ou autre créature maléfique. On dit que cette passion lui fut fatale et que la maladie qui l'emporta fut causée par les produits qu'il s'appliquait quotidiennement sur la peau.

Vampire, vous avez dit vampire? *Dracula* (Tod Browning - 1935).

vampire d'opérette, et le professeur Van Helsing s'appelle, à présent, Zelen, mais personne n'est dupe.

Comme son nom l'indique, *La Fille de Dracula* (1936), de Lambert Hillyer, est pour la première fois centré sur un vampire féminin.

Victime d'une malédiction ancestrale, la belle comtesse Marya Zaleska, interprétée par Gloria Holden, essaie, après la mort de son père, de mener une existence normale. En vain; les tendances vampiriques enfouies au plus profond d'elle-même reprennent le dessus et elle se met, elle aussi, à errer la nuit à la recherche de proies

Le sang des vampires

innocentes. Éprouvant une attraction trouble pour ses victimes, mâles et femelles, la fille de Dracula meurt finalement de la main de Sandor, son serviteur jaloux, qui lui enfonce une flèche dans le cœur.

Le Fils de Dracula (1934), avec Lon Chaney Jr, propre fils de l'acteur

LA TRAGÉDIE DE BELA LUGOSI

Qui aurait pu croire que ce fils d'un banquier hongrois deviendrait mondialement connu en interprétant le premier Dracula à l'écran ? Ce personnage lui fut d'ailleurs fatal puisqu'il ne put jamais, par la suite, sortir de ce rôle dans lequel on l'avait enfermé. Handicapé par des difficultés à maîtriser la langue anglaise, Bela Blasko, alias Bela Lugosi (1882-1956), tourna ainsi des centaines d'autres films de plus en plus médiocres sans retrouver le succès de sa première interprétation. Victime de son image et des drogues qu'il utilisait pour soigner une sciatique particulièrement douloureuse, il sombra dans une douce folie. À sa mort, il fut enterré dans la cape qui avait assuré son triomphe mais aussi sa perte.

défunt, en vampire bedonnant et moustachu; *The Return of the Vampire* (1944), avec son vampire égaré en plein blitz londonien; *The Vampire Ghost* (1945), où le monstre retrouve des origines africaines; *La Maison de Frankenstein* (1944) ou encore *La Maison de Dracula* (1945), rencontres absurdes du monstre de Frankenstein, du loup-garou et d'un Dracula au rabais interprété par John Carradine, font vraiment triste figure à côté du *Dracula* original.

Les enfants de Dracula

Le cinéma a déjà immortalisé dans le délirant *Gothic* (1986), de Ken Russell, l'origine du mythe de Frankenstein. Né d'un cauchemar terrifiant fait, un soir d'orage de l'été 1816, par la jeune Mary Wollstonecraft Shelley, *Frankenstein ou le Prométhée moderne* est d'abord un roman gothique à succès publié en 1817 avant d'être, comme *Dracula*, adapté pour la scène puis à l'écran. Dès 1823, *The Curse of Frankenstein* (*La Malédiction de Frankenstein*) attire les foules londoniennes jusqu'en 1910, date à laquelle le cinéma muet nous offre sa première

La Marque du Vampire (Tod Browning - 1935).

version réalisée par Searle Dawley. Charles Ogle, un mime obscur, a ainsi le privilège d'être le premier monstre cinématographique.

Le *Dracula* de Tod Browning ayant remporté le succès que l'on sait, Carl Laemmle Jr et Richard Schayer, dirigeants

Frankenstein se déchaîne

de la Universal, demandent au Français Robert Florey d'adapter le roman de Mary Shelley pour l'écran. Le rôle du monstre devait naturellement échoir à Bela Lugosi qui venait de triompher en incarnant le comte vampire. Ayant tourné deux bobines d'essai avec Lugosi, Florey est finalement écarté au profit de James Whale, un jeune metteur en scène issu du théâtre.

Après maintes hésitations, Lugosi rejette finalement le rôle, refusant tout maquillage qui déformerait son visage de star de l'épouvante. John Carradine fait, à son tour, un bout d'essai aussi peu concluant et le choix de Whale se porte sur un obscur comédien spécialisé dans les

BORIS KARLOFF, MONSTRE MALGRÉ LUI

Bien que son nom soit à jamais lié à celui du monstre de Frankenstein, William Henry Pratt, alias Boris Karloff (1887-1969), affirma toujours n'avoir que peu d'attirance pour le cinéma d'horreur. Il tourna quelque soixante-dix films (dont cinquante muets) avant d'atteindre la gloire dans un rôle qu'il détestait. Il faut dire que ce fils de bonne famille qui se destinait à la diplomatie était, dans la vie, l'antithèse des personnages qu'on lui faisait incarner à l'écran. Cet intellectuel discret et timide tenta, durant toute sa vie, d'échapper au genre dans lequel on l'avait cantonné. En vain. Son humour et son flegme lui permirent malgré tout d'accepter les rôles de monstres et autres personnages sadiques qu'on lui proposa durant sa longue carrière.

UN MAQUILLAGE MONSTRUEUX

Concocté par Jack Pierce, le maquillage originel du monstre de Frankenstein était un véritable calvaire quotidien pour Boris Karloff. Levé tous les matins à 5 h 30, il passait trois heures et demie dans le fauteuil du maquillage. Portant un double capitonnage sous ses vêtements de manière à augmenter son gabarit, il transpirait à grosses gouttes car le tournage avait lieu en plein mois d'août, sans compter que son poids augmentait d'une bonne vingtaine de kilos ! Le fard vert-bleu destiné à lui donner un teint cadavérique lui brûlait la peau tandis que la tige d'acier qui lui maintenait la colonne vertébrale occasionnait des torticolis fort douloureux. Si l'on ajoute à cela les chaussures spéciales de goudronneur, les morceaux de caoutchouc et de coton au niveau du front et les jambes raidies par des supports d'acier, on comprend les tourments endurés par le malheureux acteur. Il faut souffrir pour être laid !

James Whale met la dernière main à son monstre (*La Fiancée de Frankenstein* - 1935).

séries B : William Henry Pratt alias Boris Karloff.

Une avant-première publique a lieu en décembre 1931 à Santa Barbara en Californie, sans la présence de Karloff dont le nom au générique est

remplacé par un point d'interrogation. C'est une vague de protestations des organisations ultra-conservatrices et le film est remanié. Un prologue interprété par Edward Van Sloan (qui avait déjà accompli la même fonction dans l'épilogue de *Dracula*) met en garde les spectateurs. La fin originelle où la créature et

Le monstre de Frankenstein, à jamais immortalisé par Boris Karloff (*Frankenstein* - James Whale - 1931).

son créateur sont réunis dans le même brasier est transformée en un *happy end* romantique du pire effet. La phrase blasphématoire où le docteur Frankenstein se compare à Dieu est supprimée. Sept plans enfin de la séquence de la noyade de la petite fille sont coupés. En dépit de ces amputations, le film possède encore un pouvoir émotionnel et horrifique inégalé.

Frankenstein in love

Il ne restait plus qu'à assurer la descendance de ce monstre éminemment rentable et, en premier lieu, à lui trouver une compagne digne de lui. On songe un instant, pour le rôle, à Brigitte Helm, la femme-robot de *Metropolis*, mais on choisit finalement la ravissante Elsa Lanchester dont le look punkoïde est inspiré par la reine Néfertiti. Débutant par un prologue construit sur la préface écrite par Mary Shelley, *La Fiancée de Frankenstein* (1935) est encore plus proche du roman original que son prédécesseur. Suprême habileté de Whale, Elsa Lanchester interprète à la fois la créature et la jeune romancière. Le titre maintient encore volontairement l'ambiguïté entre le monstre et le docteur qui se voient tous deux dotés d'une fiancée. Cette assimilation est sans doute à l'origine de la confusion qui persiste, aujourd'hui encore, dans une grande partie du public. Frankenstein est le docteur, non le monstre !

Suite exacte du premier épisode, *La Fiancée de Frankenstein* débute après l'incendie du moulin dont la créature a pu réchapper. C'est ici qu'apparaît un nouveau personnage, le docteur Prétorius, dont le

Une poésie fantastique, onirique, inoubliable (*Frankenstein* - 1931).

passe-temps favori consiste à collectionner de petits personnages vivants dans des bocaux. Il enlève la future épouse du docteur afin de contraindre celui-ci à concevoir une compagne pour le monstre. Mais la « fiancée » refuse tout contact avec la créature qui, rendue folle de jalousie, entraîne dans la mort le docteur Prétorius et ses rêves utopiques. Pour cette suite, Boris Karloff se voit doté de la parole. Sa « compagne » Elsa Lanchester, créditée d'un point d'interrogation au générique, est, elle, une véritable incarnation de la fée Électricité à côté de laquelle la propre fiancée du docteur semble bien fade. Avec des scènes encore plus fortes que dans la première mouture (l'ermite aveugle), *La Fiancée de Frankenstein* est l'un des rares exemples de film-suite parvenant à égaler voire surpasser l'œuvre originale.

Avec Elsa Lanchester -
La fiancée de Frankenstein

Dernier film dans lequel Karloff joue le monstre, *Le Fils de Frankenstein* (1939), de Rowland V. Lee, est aussi la dernière œuvre vraiment fidèle à l'esprit originel du mythe. Vingt-cinq années ont passé depuis la mort du docteur Frankenstein. Son fils revient au logis familial où Ygor (Bela Lugosi), un

La créature s'attaque encore aux enfants (*La Maison de Frankenstein* - Erle C. Kenton - 1944).

berger bossu à moitié fou qui a miraculeusement survécu à la pendaison, lui apprend que la créature est toujours en état de marche. D'abord prévu en couleurs (projet abandonné parce que le maquillage de Karloff ne s'accommodait pas du tout de ce changement), *Le Fils de Frankenstein* est intéressant à plus d'un titre (décors, effets spéciaux extrêmement soignés), même si le personnage du monstre est relégué au second plan. En assassinant tous les juges qui ont condamné à mort son ami Ygor, en faisant preuve d'une violence outrancière pour finalement disparaître dans un puits de soufre volcanique, la créature perd toute humanité pour devenir un simple instrument de vengeance.

Ayant littéralement épuisé toutes les situations possibles pour la créature de Frankenstein, les scénaristes de la Universal s'attelèrent, comme pour *Dracula*, à un nouveau *gimmick* absurde de rencontres au sommet de tous les grands monstres de la compagnie. Ils commencent par *Frankenstein rencontre le loup-garou* (1943), de Roy William Neill, plus centré sur le loup-garou que sur le monstre lui-même, interprété par Bela Lugosi qui, décadence oblige, est à présent contraint d'accepter un rôle qu'il a refusé douze années auparavant. Le monstre congelé dans la glace est remis en action par Lawrence Talbot (Lon Chaney Jr) qui, voulant échapper à sa lycanthropie ancestrale, tente un transfert d'énergie sur la créature. L'opération échoue et après un duel les deux monstres périssent noyés. Pas pour longtemps

LE PREMIER ROI DE L'ILLUSION

Le fantastique, plus que tout autre genre, est bien le royaume des trucages et des effets spéciaux. Le cinéma d'horreur contemporain accorde une prépondérance essentielle à ces derniers et le nom du spécialiste figure à présent en bonne place au générique. Ce phénomène est assez récent et ces magiciens de cauchemar sont longtemps restés dans l'ombre de leurs créations. Jack Pierce (1889-1930) est assurément le plus célèbre d'entre eux. C'est lui qui donna naissance à tous les grands monstres de la Universal : le loup-garou, la momie et le monstre de Frankenstein. Ce concepteur de génie avait compris que l'impact d'un maquillage tient à un respect rigoureux des traits du visage et c'est grâce à lui que Boris Karloff put donner tant d'intensité au personnage de la créature de Frankenstein. Considéré comme le premier grand spécialiste en la matière, Pierce a fait des effets spéciaux un véritable art.

d'ailleurs, puisque, deux ans plus tard, la Universal produit *La Maison de Frankenstein*, d'Erle C. Kenton, où Karloff joue les savants fous. Le monstre est interprété par Glenn Strange, ex-cow-boy et catcheur reconverti dans la série B.

Duel au sommet, entre Bela Lugosi et Lon Chaney Jr. (*Frankenstein rencontre le loup-garou* - Roy William Neil - 1943).

Dernière œuvre sérieuse produite par la Universal, *La Maison de Dracula* (1945), du même réalisateur, met à nouveau le loup-garou en vedette, ainsi que le comte vampire. Le monstre, toujours interprété par Glenn Strange, est relégué au second plan pour n'apparaître en action que dans la dernière bobine du film. Le seul intérêt de cette œuvre poussive est une très belle scène de cauchemar composée d'extraits des films précédents de la série, hommage évident à un mythe désormais voué à la dérision parodique.

Toutes dents et toutes griffes dehors, le loup-garou est une des créatures essentielles du cinéma d'horreur. Présent dans bien des légendes et des contes populaires, ce personnage séduisant est pourtant longtemps resté dans l'ombre de ses congénères. L'aspect clinique de la lycanthropie, considérée à l'époque romaine puis au Moyen Âge comme une maladie éminemment contagieuse que l'on soignait en brûlant les malades, et la complexité des effets spéciaux de maquillage nécessités par les séquences de transformation peuvent expliquer le désintérêt relatif des metteurs en scène pour cette créature plutôt sympathique.

Dr Jekyll et Mr Hyde ou le duo d'enfer

C'est vraisemblablement en 1913 qu'apparaît, avec *The Werewolf*, la lycanthropie à l'écran. Une sorcière indienne fait de sa fille transformée en louve l'instrument d'une vengeance implacable. Mais la Universal n'aborde le mythe qu'en 1935, avec *Le Monstre de Londres*, de Stuart Walker.

Au cours d'un séjour au Tibet,

Une satire assez drôlatique : *Deux Nigaux contre Frankenstein* (Charles T. Barton - 1948).

un botaniste est mordu par un loup-garou et se transforme à son tour en monstre dès son retour à Londres. Seul le jus d'une fleur, la *mariphasa lupino lumino*, pourrait le guérir mais, après quelques meurtres nocturnes sous la pleine lune, il est abattu par les policiers lancés à ses trousses.

Six ans plus tard, *Le Loup-Garou*, de George Waggner, marque l'entrée définitive de la lycanthropie dans le domaine cinématographique. Mordu par un loup-garou dans son pays de Galles natal, Lawrence Talbot (interprété par Lon Chaney Jr, qui reprendra le rôle cinq fois consécutives) devient un monstre avant d'être tué par son propre père à l'aide d'une

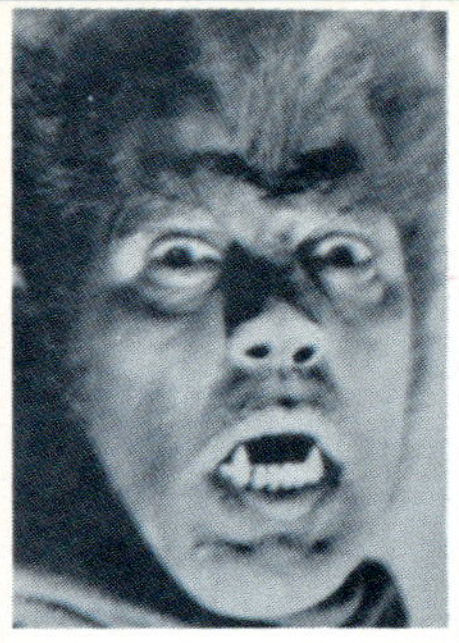

canne à pommeau d'argent. Remarquablement maquillé (avec des poils de yak !) par Jack Pierce, Lon Chaney Jr devient, grâce à ce film, une star de l'épouvante au même titre que Karloff et Lugosi; ce dernier apparaît d'ailleurs dans cette production sous les traits de « Bela le bohémien ». À l'instar de ses compères de la Universal, le loup-garou va ensuite se dévoyer dans toute une série de films médiocres.

Tout le monde connaît le célèbre roman écrit en 1885 par Robert Louis Stevenson. Une bonne dizaine d'adaptations suivent, jusqu'en 1920, date à laquelle la Paramount

Le Monstre de Londres (Stuart Walker - 1935).
Le Loup-garou (George Waggner - 1941).

produit la première version long métrage, réalisée par John Robertson. Située à l'époque contemporaine, cette version vaut surtout par la scène de transformation – assez courte et peu effrayante – de John Barrymore. Fait original, l'acteur devenu un monstre ressemble à une araignée, tandis que cette même bestiole apparaît en cauchemar à Jekyll pour s'amalgamer à son corps et former le terrifiant Mr Hyde.

Dr Jekyll et Mr Hyde au zénith

Considéré par beaucoup comme la meilleure adaptation du roman de Stevenson, le *Dr Jekyll et Mr Hyde* réalisé en 1932 par Rouben Mamoulian met l'accent sur les connotations sexuelles sous-jacentes au récit. Commençant par une longue séquence subjective qui nous fait pénétrer dans l'univers

L'incarnation du mal absolu : Mr Hyde (*Dr Jekyll et Mr Hyde* - Rouben Mamoulian - 1932).

Fredric March et son alter ego maléfique
(*Dr Jekyll et Mr Hyde* - Rouben Mamoulian - 1932).

de Jekyll, le film nous plonge ensuite dans l'univers dépravé de Soho. Hyde, l'alter ego monstrueux, superbement interprété par Fredric March (qui obtint un Oscar en 1932 pour sa composition), se glisse furtivement dans le brouillard londonien pour semer le mal et la mort. Dotée d'une séquence de transformation prodigieuse dont Mamoulian refusa toujours de révéler le secret, cette adaptation de *Dr Jekyll et Mr Hyde* mérite bien de rejoindre les *Dracula* et autres *Frankenstein* parmi les classiques incontournables du cinéma fantastique.

Les zombies font leur nid

Bien que bénéficiant de la présence de Spencer Tracy, Ingrid Bergman et Lana Turner, la version réalisée par Victor Fleming

en 1941 pour la M.G.M. est loin de valoir celle de Mamoulian.

Le zombie est un personnage incontestablement populaire parmi les fans du fantastique. Trouvant des racines exotiques en Afrique, et du côté d'Haïti, avec la pratique du culte vaudou, le mort vivant apparaît sur les écrans en 1932 avec *White Zombie (Les Morts Vivants)*, de Victor Halperin : dans l'« île magique », des cadavres sont ramenés à la vie par Murder Legendre, un nécromancien (Bela Lugosi), pour travailler dans une fabrique de sucre. Le film vaut surtout par son atmosphère étrange qui peut, à certains égards, faire songer au *Vampyr* de Carl Dreyer. Sur un thème analogue, *Revolt of the Zombies* (1936), du même Victor Halperin, quitte Haïti pour le Cambodge où les zombies s'engagent dans l'armée pour devenir des combattants invincibles, tandis que dans *King*

La momie sort de son lit

Un visage ridé comme un papyrus : Boris Karloff dans *La Momie* (Karl Freund - 1932).

Deux amants maudits
(*Le Fantôme de la momie* -
Reginald Le Borg - 1944).

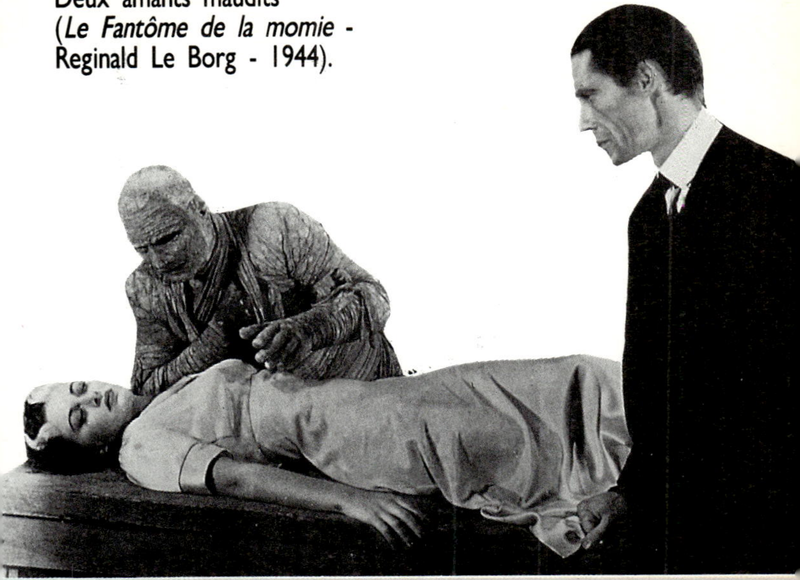

of the Zombies (1941), de Jean Yarbrough, et *Revenge of the Zombies* (1943), de Steve Sekely, les morts vivants se mettent au service de savants fous nazis.

Vaudou (1943), du Français Jacques Tourneur, s'avère incontestablement la meilleure œuvre sur le sujet. Rythmé par les tam-tams sinistres des cérémonies vaudou, le film s'inspire très librement de *Jane Eyre*. Une jeune infirmière, qui débarque aux Antilles pour soigner une malade, se retrouve bien vite plongée dans un univers terrifiant peuplé de morts vivants. Ce film possède une atmosphère féerique et cauchemardesque qui en fait une œuvre unique.

L'histoire largement répandue, mais vraisemblablement fausse, selon laquelle l'ouverture de la tombe de Toutankhamon provoqua une série de morts inexpliquées, est

sans doute à l'origine de *La Momie* (1932), premier grand film de la Universal abordant le sujet. Réalisé par Karl Freund, ami et collaborateur de Murnau, *La Momie* est centré sur le personnage d'un grand prêtre de l'ancienne Égypte, enterré vivant pour avoir tenté de faire revivre une princesse à l'aide des rouleaux sacrés de Thot. Revenant à la vie trois mille sept cents ans plus tard, il cherche à nouveau son amour perdu. Confectionné à l'aide de terre glaise et de coton, le maquillage de Boris Karloff momifié est plus émouvant que véritablement impressionnant.

Horreurs incontournables et inclassables

Karloff cède ensuite ses bandelettes à Tom Tyler, une vieille star du muet, dans *La Main de la momie* (1940), de Christy Cabanne, où un groupe d'archéologues américains trouve une momie maintenue en vie afin de poursuivre sa vengeance ancestrale toujours inachevée. Lon Chaney Jr prend le relais pour trois films d'intérêt inégal. *La Tombe de la momie* (1942), de Harold Young, est un remake inavoué de *La Main de la momie* ayant pour cadre la Nouvelle-Angleterre, tandis que *La Malédiction de la momie* (1944), de Leslie Goodwins, se déroule dans les marécages de Louisiane. Plus intéressant, *Le Fantôme de la momie* (1944), de Reginald LeBorg, offre une très belle idée poétique : la momie, toujours à la recherche de sa bien-aimée qui s'est réincarnée sous les traits d'une ravissante étudiante, passe ses nuits sous les fenêtres de la belle dont les cheveux blanchissent graduellement. Les deux amants maudits finiront dans les marécages de la Nouvelle-Angleterre, enfin réunis pour l'éternité.

Il existe dans le cinéma d'horreur classique, tout comme dans le contemporain, des œuvres échappant à toute classification.

La foire aux monstres

Le meilleur exemple de ces petites merveilles horrifiques pourrait bien être *Freaks ou la Monstrueuse Parade*, réalisé en 1932 par Tod Browning pour la M.G.M. Utilisant de véritables phénomènes de foire tels que

Un film inclassable dans les annales du fantastique : *Freaks* (Tod Browning - 1932).

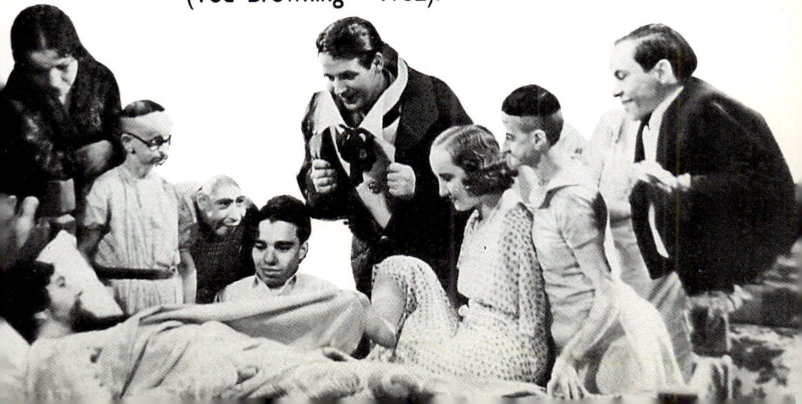

femme à barbe, homme-araignée, culs-de-jatte, nains et sœurs siamoises, Browning est parvenu à créer un univers unique où les vrais monstres ne sont pas ceux que l'on pourrait croire mais bien les personnages dits « normaux ». Cleopatra, une trapéziste veule et cupide, séduit et épouse un brave nain pour lui soutirer son argent, puis l'empoisonne avec la complicité de son amant Hercule. Lorsque les *« freaks »* découvrent la vérité, ils mutilent la meurtrière pour la transformer en une monstrueuse femme poulet. Longtemps banni en Grande-Bretagne, rejeté par la M.G.M., la critique et le public, ce film maudit dut attendre près de trente ans avant d'être reconnu à sa juste valeur.

Un chat, une panthère et quelques mains

Le Chat noir (1934), d'Edgar George Ulmer, en est un exemple typique. Vaguement inspiré d'une nouvelle d'Edgar Allan Poe, le film réunit Karloff et Lugosi, au sommet de leur gloire, dans un affrontement entre un docteur ivre de vengeance et un architecte adepte du démon.

Les Mains d'Orlac (1935), de Karl Freund, introduit, lui, le thème des mains incontrôlables et meurtrières, maintes fois repris par la suite : un savant fou, le docteur Gogol *(sic !)*, greffe les mains d'un assassin guillotiné sur un pianiste mutilé dans un accident ferroviaire. L'infortuné concertiste hérite, bien entendu, des tendances homicides de son donneur. Interprétée par Peter Lorre, l'inoubliable acteur de *M le Maudit*, le chef-d'œuvre de Fritz Lang, cette version est de loin la meilleure de toutes les adaptations avouées ou inavouées du roman de Maurice

Renard. On se souviendra longtemps de cette scène particulièrement terrifiante où le médecin dément dévoile à Orlac des gants de métal et un cou entouré d'acier pour lui faire croire qu'il est le condamné à mort ressuscité.

Peter Lorre dans *Les Mains d'Orlac* (Karl Freund - 1935).

La Féline (1942)[1], de Jacques Tourneur, verse dans l'ambiguïté fantastique en assimilant une femme à une panthère noire féroce. *L'Homme-Léopard* (1943), du même Tourneur, dans lequel un criminel psychopathe maquille ses crimes en les attribuant à un léopard échappé, se rattache plutôt au film noir classique.

1. On notera qu'en 1944 Robert Wise apporte une suite à cette sulfureuse histoire, *La Malédiction des hommes-chats*, tandis qu'en 1982 Paul Schrader réalise un remake interprété par Nastassia Kinski où le sexe et l'horreur explicite dominent.

Le Chat noir (Edgar G. Ulmer - 1934).

Premier grand film à sketches d'épouvante, *Au cœur de la nuit* (1945) réalisé par un collectif de metteurs en scène chevronnés se rattache plus au fantastique surnaturel qu'à l'horreur pure. Au cours d'une soirée organisée par un psychiatre, chaque invité est amené à raconter une histoire étrange à laquelle il a pris part; le héros, un architecte, se voit en train d'étrangler un des participants avant d'être réveillé en sursaut par le coup de téléphone d'un psychiatre l'invitant à une soirée. L'histoire la plus connue est incontestablement celle du ventriloque graduellement possédé par sa marionnette démoniaque. La plus angoissante pourrait bien être celle du miroir : réfléchissant une pièce où se déroula un meurtre à l'époque victorienne, il pousse un homme à tenter d'assassiner son épouse. Cette œuvre envoûtante préfigure les grands films à sketches que la Hammer ou l'Amicus nous offriront au cours des années 60.

Remake d'un classique du muet interprété par Lon Chaney en 1925, *Le Fantôme de l'Opéra* (1943), de George Waggner, s'écarte délibérément du roman de Gaston Leroux pour recréer un univers artificiel où une

Claude Rains (*Le Fantôme de l'Opéra,* George Waggener - 1943).

poésie fantastique quelque peu surannée se mêle à quelques séquences anthologiques (la chute du lustre), constituant une œuvre magnifique que la troisième version, réalisée en 1962 par Terence Fisher pour la Hammer, ne parviendra guère à égaler.

Deux mains la nuit (1946), de Robert Siodmak, vient terminer d'une manière appropriée la série des inclassables – et des incontournables – du fantastique classique.

Au Cœur de la nuit - 1945 - sketch d'A. Cavalcanti.

Deux mains la nuit a pour cadre une demeure sinistre où une jeune muette subit les assauts du criminel. Film de terreur psychologique tout à fait efficace, *Deux mains la nuit* évoque par son climat de claustrophobie hypertendu les meilleurs films de tueurs psychopathes de la fin des années 70.

ANNÉES 50 ET 60 :

L'HORREUR PREND SON ENVOL

Dracula et les femmes (Freddie Francis - 1968).

Si les années 30 et 40 marquent l'éclosion du film d'horreur en tant que genre à part entière, les années 50 et surtout 60 consacrent définitivement son développement. L'arrivée de la couleur, le perfectionnement des effets spéciaux, conjugués à un affaiblissement progressif de la censure, permettent aux scénaristes et aux metteurs en scène de donner libre cours à leurs penchants pervers pour le macabre et l'horrible. Longtemps bridé par des codes de moralité abusifs, le cinéma d'épouvante peut enfin atteindre sa pleine maturité.

La découverte de l'atome et de ses dangers, la guerre froide et autres lendemains qui déchantent sont ainsi transposés dans bon nombre de films sur de symboliques invasions d'extraterrestres belliqueux en directe provenance de Mars, la planète Mars, la planète rouge. Dans ces œuvres naïves et bien souvent assez ringardes, des éléments horrifiques apparaissent ici et là sans pour autant jouer une place prépondérante dans le déroulement de l'intrigue. Il faut attendre la fin des années 50 et le début des années 60 pour que le film d'horreur moderne surgisse d'une manière éblouissante, avec les grands classiques du genres revus et corrigés par les magiciens sanglants de la Hammer Films.

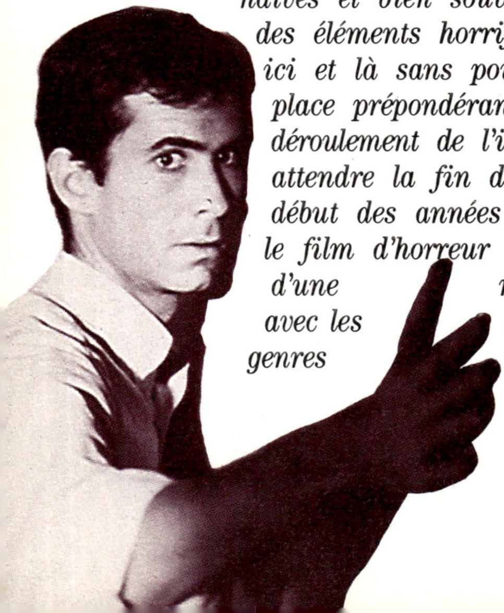

(*L'Homme au masque de cire* -André de Toth - 1953).

Prémices

Premier film en relief et en son stéréophonique, *L'Homme au masque de cire* (1953), d'André de Toth, est parfaitement représentatif de cette époque transitoire. Remake de *Masques de cire*, une œuvre tournée en 1933 par Michael Curtiz, l'intrigue nous narre les exploits d'un sculpteur fou qui, après avoir été défiguré dans un incendie, utilise les corps de ses victimes pour en faire des statues destinées à son musée de cire. Le film bénéficie de l'interprétation de Vincent Price, une des grandes stars du fantastique des années 60.

Les Vampires (1956), de Riccardo Freda, marque, lui, l'émergence du fantastique transalpin caractérisé par une approche

Les Diaboliques (H.-G. Clouzot - 1955).

baroque du genre. Inspiré par l'histoire d'Erzsebeth Bathory, « la comtesse sanglante » qui buvait, dit-on, le sang de jeunes vierges pour conserver une éternelle jeunesse, le film se déroule à Paris. Un docteur fou y assassine des jeunes femmes qu'il vide de leur sang pour préserver l'éclat de sa bien-aimée, qui dépérit finalement à vue d'œil dans une terrifiante scène de vieillissement.

Horreurs à la française

Il convient de mentionner *Les Diaboliques* (1955), de Henri-Georges Clouzot, et *Les Yeux sans visage* (1959), de Georges Franju, rarissimes exemples d'une épouvante à la française.

Et puis, vinrent les films de la Hammer Films, et les visages de l'horreur cinématographique s'en trouvèrent bouleversés... Cette célèbre compagnie britannique nichée en plein Soho avait commencé modestement, après la Seconde Guerre mondiale, par quelques petites séries B d'aventures avant d'aborder la science-fiction avec le célèbre *Monstre* (1955) de Val Guest, toujours considéré comme un modèle du genre. Mais c'est avec l'horreur et l'épouvante que la Hammer connaîtra son heure de gloire.

L'horreur britannique de la Hammer Films

Premier grand film d'épouvante tourné par la Hammer, *Frankenstein s'est échappé* (1957) marque aussi la renaissance d'un monstre trop longtemps déprécié dans des œuvres médiocres. Effectuant un retour avoué aux sources littéraires mêmes du mythe, Terence Fisher et Jimmy Sangster accordent, à nouveau, la prépondérance au personnage du docteur Frankenstein magnifiquement interprété par Peter Cushing. Le docteur assassin apparaît

Premier Frankenstein, version Hammer :
Frankenstein s'est échappé (Terence Fisher - 1957).

L'Empreinte de Frankenstein (Freddie Francis - 1964).

comme un intrus dans la respectable société victorienne. La créature, jouée par Christopher Lee, qui triomphera quelques années plus tard dans le rôle du comte Dracula, n'est qu'un instrument muet au service des ambitions démesurées de son créateur qui finit sous le couperet de la guillotine.

Frankenstein made in Hammer

Sauvé in extremis de la guillotine grâce à la complicité du bourreau qui le remplace au dernier moment par le prêtre chargé de lui donner les derniers sacrements, le docteur Frankenstein peut à nouveau reprendre ses

... Et une tentative plutôt réussie... (*Le retour de Frankenstein* - Terence Fisher - 1969).

travaux dans *La Revanche de Frankenstein* (1958). Freddie Francis reprend alors le flambeau avec *L'Empreinte de Frankenstein.* Abandonnant le *new look* donné à la créature par Phil Leakey, le spécialiste en effets spéciaux de la compagnie Francis tente de retourner à la conception originelle du monstre, celle de Jack Pierce pour la Universal. Conservée dans la glace, la créature est récupérée par un hypnotiseur de foire qui l'utilise à ses propres fins, mais le baron ne l'entend pas ainsi et tout finit dans des déluges de violence.

Terence Fisher, de son côté, retrouve le docteur Frankenstein dans *Frankenstein créa la femme* (1966). Le baron se tourne cette fois vers les transferts d'âmes, par l'entremise de Christina, une jeune femme défigurée par une vilaine marque sur le visage. Celle-ci se suicide après que son

amoureux, Hans, a été injustement condamné à mort. Frankenstein redonne vie à la défunte avec l'âme de Hans, qui est vengé d'une manière implacable.

Considéré comme l'un des meilleurs épisodes de la série, le film est rapidement suivi par *Le Retour de Frankenstein* (1969), qui poursuit la lente dégradation du docteur, devenu à présent un monstre encore plus abominable que sa créature. Maître chanteur, violeur, assassin, Frankenstein pratique d'abominables transplantations de cerveaux. Sa créature pitoyable a malgré tout le dernier mot en entraînant son créateur dans les flammes du brasier purificateur.

Dernier film de Frankenstein produit par la Hammer et mis en scène par Terence Fisher, *Frankenstein et le monstre de l'enfer* (1973) apparaît comme une sorte de testament spirituel du réalisateur qui signe là ses adieux au mythe. Composé hétéroclitement du corps d'un assassin, du cerveau d'un mathématicien musicien (ce qui nous vaut une séquence

Le regretté Marty Feldman (*Frankenstein Junior* - Mel Brooks - 1974).

Une troublante sensualité (*le Cauchemar de Dracula* - Terence Fisher - 1958).

d'opération chirurgicale particulièrement répugnante), le monstre a ici l'apparence d'un homme préhistorique. Amoureux fou d'une jeune muette (l'ange), il est finalement déchiqueté par les malades de l'asile où œuvre le docteur.

Dracula made in Hammer

À l'exception de quelques tentatives parodiques respectueuses (*Frankenstein Junior*, de Mel Brooks, en 1974) ou délirantes (*Chair pour Frankenstein* de Paul Morrissey, en 1973), on notera que le mythe n'a, depuis lors, guère connu d'œuvres dignes des adaptations visionnaires du regretté Terence Fisher.

Comme elle l'avait fait un an plus tôt avec Frankenstein, la Hammer s'empare aussi du personnage de Dracula, pour une série de films qui apportent incontestablement un

Le Cauchemar de Dracula

renouveau au mythe. Premier film britannique du genre, *Le Cauchemar de Dracula* (1958) peut être considéré comme un authentique classique de l'horreur moderne. Mettant l'accent sur les aspects érotiques du mythe, Fisher nous propose une œuvre flamboyante où le comte sait aussi séduire ses proies et faire naître en elles un désir trouble. Interprété par Christopher Lee qui reste, jusqu'à nos jours, l'incarnation parfaite de cette créature assoiffée de sang humain.

Réduit en poussière à la fin du *Cauchemar de Dracula*, Christopher Lee refuse de tourner dans *Les Maîtresses de Dracula* (1960), deuxième film de la Hammer sur le sujet.

Troisième et dernier film réalisé par Fisher sur le comte vampire, *Dracula prince des ténèbres* (1965) est, sans nul doute, le plus violent de la série. Marquant le retour de Christopher Lee dans le rôle de Dracula après presque dix ans d'absence, le film démarre très fort par la résurrection du monstre grâce au sang d'un jeune homme égorgé sur sa tombe.

Voulant aller encore plus loin que son compère Fisher, Freddie Francis, pour sa part, a fait de son *Dracula et les femmes* (1968) un monument d'horreur graphique où les yeux saignent à la vue d'une croix, où les morsures du vampire deviennent des plaies béantes, où le monstre, enfin, s'arrache lui-même le pieu qu'on lui a enfoncé dans le cœur avant de s'empaler sur une croix où il se débat encore !

Premier film réalisé par Peter Sasdy, *Une*

Des créatures démoniaques (*Une messe pour Dracula* - Peter Sasdy - 1969).

messe pour Dracula (1969) vaut surtout par sa reconstitution attentive de l'époque victorienne, mise à nouveau à mal par la menace vampirique qui pousse les enfants à assassiner leurs pères tout en transformant d'innocentes jeunes filles en créatures démoniaques. Cette œuvre surprenante fut assurément le dernier film intéressant produit par la Hammer sur le comte vampire. En effet, ni *Les Cicatrices de Dracula* (1970) de Roy Ward Baker, ni *Dracula 73* d'Alan Gibson, ni *Dracula vit toujours à Londres* (1973) du même Alan Gibson ne parviennent à égaler les premiers films réalisés par Terence Fisher.

Christopher Lee (*Dracula, prince des ténèbres* - Terence Fisher - 1969).

Consciente de la lassitude du public et de

Dracula 73 (Alan Gibson - 1972).

Peter Cushing
(*Les Sept Vampires d'or* - Roy Ward Baker - 1973).

l'épuisement du filon Dracula, la Hammer décide alors de développer le mythe par une série de films où le vampirisme est présent sous des formes totalement inhabituelles et originales. À partir de *Carmilla*, de Sheridan LeFanu, classique de la littérature fantastique, trois films mettant en scène des vampires féminins sont ainsi réalisés : *The Vampire Lovers* (1970), de Roy Ward Baker; *Lust for a Vampire* (1970), de Jimmy Sangster; et *Les Sévices de D* (1971), de John Hough. Empreintes d'un érotisme débridé teinté de lesbianisme, ces œuvres, en parfaite harmonie avec les films européens tournés à la même époque sur le sujet (ceux du Français Jean Rollin et de l'Espagnol Jess Franco en particulier), mettent l'accent sur les conflits entre un puritanisme rétrograde et une sexualité libératrice symbolisée par ces vampires féminins à l'appétit aussi dévorant qu'insatiable.

Vampires divers de la Hammer

BON SANG...

Lors de la sortie du *Cauchemar de Dracula*, en 1958, on projeta de lier celle-ci à une campagne pour le don du sang ! C'est ainsi qu'à Birmingham la publicité du film fut conjuguée à une demande de recrutement de donneurs, avec la bénédiction du comité local de transfusion sanguine. Les réactions outragées d'une partie des habitants de la ville mirent fin à cette idée pour le moins originale. Leur sang n'avait fait qu'un tour !

Dans un même registre, *Countess Dracula* (1970), de Peter Sasdy, s'appuie sur les exploits sanglants de la comtesse Bathory pour nous narrer une sulfureuse histoire de relations parentales sur fond de vampirisme. Pour conserver son éternelle jeunesse, la comtesse Elizabeh Nadasdy est contrainte de tuer des jeunes filles puis de s'attaquer à sa propre enfant. En vain : vieille, laide et à moitié folle, elle est finalement emmurée vivante dans sa propre chambre.

Si l'on fait exception du *Cirque du vampire* (1971), de Robert Young, ou des *Sept vampires d'or* (1973), de Roy Ward Baker, mélange incongru de kung-fu et de vampirisme, la Hammer ne produisit plus d'œuvres notables liées au mythe. Il faut dire que, là encore, ce dernier avait depuis longtemps sombré dans la médiocrité ou la parodie la plus

Un ancêtre : *La Belle et la Bête*, de Jean Cocteau (1946).

Le Bal de vampires (Roman Polanski - 1967).

folle (l'inénarrable *Bal des vampires* de Roman Polanski en 1967 ou le démentiel *Du sang pour Dracula* de Paul Morrissey en 1973).

Loup-garou made in Hammer

Contrairement au baron Frankenstein et au comte Dracula, un seul film fut consacré au loup-garou. *La Nuit du loup-garou*, de Terence Fisher (1961), est pourtant un authentique chef-d'œuvre du cinéma gothique, qui prolonge et approfondit les films de la Universal. Emprisonnée pour s'être refusée à un vieux marquis débauché, une jeune

LES GENTLEMEN
DE L'HORREUR :
PETER CUSHING

Peter Cushing et Christopher Lee sont intrinsèquement liés à l'horreur gothique de la Hammer. En dépit de l'opposition parentale, Cushing manifeste très tôt une attirance pour le cinéma et, après un bref séjour à Hollywood, se lance dans une carrière théâtrale qui le conduit à la télévision où il se fait remarquer dans une adaptation de *1984*. Il peut alors tenir le rôle du baron dans la première version de Frankenstein *made in* Hammer et se lancer dans une carrière quasi ininterrompue. Apparaissant rarement sous un maquillage, Cushing a su donner à tous les rôles qu'il a interprétés une intensité dramatique et une humanité magnifique.

servante muette est violée, dans son cachot, par un mendiant répugnant. Un enfant naît, quelque temps plus tard, de cet accouplement bestial et se transforme, les nuits de pleine lune, en un monstre assoiffé de sang.

Mettant, là encore, l'accent sur les pulsions sexuelles et leur répression par une société victorienne rétrograde, Fisher fait des *Deux Visages du docteur Jekyll* (1960) un monument d'érotisme pervers. Hyde n'est plus un monstre physiquement repoussant

Dr Jekyll made in Hammer

mais un personnage élégant dont le charme et la séduction cachent un sadisme et une cruauté insoupçonnés. Roy Ward Baker développe ce thème en 1971 dans le très brillant *Dr Jekyll et Sister Hyde* où le monstre est, à présent, une jeune femme sensuelle dotée d'instincts meurtriers.

Dernière grande créature de l'épouvante classique, la momie apparaît dans trois films honnêtes mais peu originaux. Réunissant Peter

Cushing et Christopher Lee, *La Malédiction des pharaons* (1959), de Terence Fisher, reprend le schéma de la vengeance d'outre-tombe déjà vue dans les œuvres de la Universal et vaut surtout par les apparitions impressionnantes de Lee doté d'un maquillage plutôt réussi. Pratiquant une surenchère dans la violence horrifique (membres broyés, tête écrasée), *Les Maléfices de la momie* (1964) de Michael Carreras, *Dans les griffes de la momie* (1965) de John Gilling et *Blood from the Mummy's Tomb* (1971) de Seth Holt et Michael Carreras ne feront guère date dans les annales des films consacrés à cette créature en bandelettes.

Tout comme le loup-garou, le mort vivant ne semble pas avoir beaucoup stimulé l'imagination des scénaristes de la compagnie britannique. Un seul film, en fait, aborde le sujet : *L'Invasion des morts vivants*, de John Gilling, en 1966. Ce film d'atmosphère atteint son point culminant dans une terrifiante scène de cauchemar où des morts vivants aux yeux révulsés sortent lentement de leur tombe.

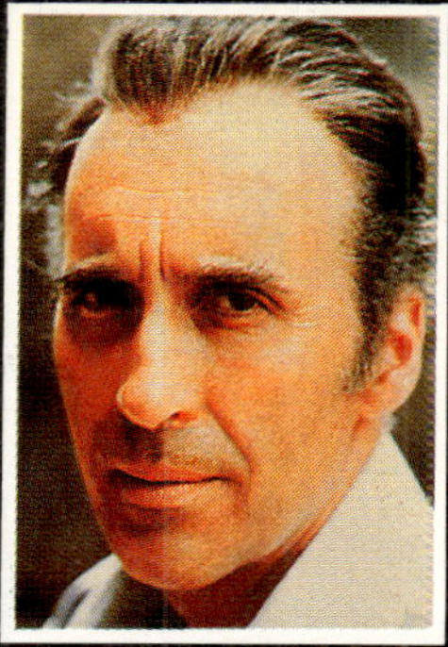

LES GENTLEMEN DE L'HORREUR : CHRISTOPHER LEE

Né le 27 mai 1922, Christopher Frank Carandini Lee reste à jamais lié au personnage de Dracula qu'il a incarné avec une élégance fascinante. Manifestant lui aussi très tôt le désir de devenir un acteur, il apparaît tout d'abord dans une douzaine de films britanniques, avant de faire ses débuts dans le genre en personnifiant la créature de Frankenstein aux côtés de son ami dans la vie et ennemi à l'écran, Peter Cushing. On le verra aussi dans le rôle de la momie, du docteur Fu Manchu et même de Sherlock Holmes. Mais c'est son interprétation du comte Dracula qui va lui apporter la gloire et la renommée.

Les Maléfices de la momie (Carreras - 1964).

Autres horreurs made in Hammer

Ayant désormais épuisé le filon des adaptations remaniées des classiques de la Universal, la Hammer dut trouver de nouvelles sources d'inspiration. En créant de nouveaux monstres tout d'abord, comme la fascinante *Femme-reptile* (1966), de John Gilling, où une jeune femme, victime de la curiosité sacrilège de son père, est envoûtée par une secte malaise et se transforme régulièrement en un monstre verdâtre abominable. En délaissant, d'autre part, les thèmes classiques du fantastique pour se tourner vers le film policier psychologique teinté d'horreur. Si *La Fille de Jack l'Éventreur* (1971), de Peter Sasdy, où le célèbre tueur délègue ses pouvoirs meurtriers à son enfant, est assez réussi par ses implications psychanalytiques, on ne peut en dire autant de *Maniac* (1962), de Michael Carreras, de *Paranoïaque* (1962), de *Meurtre par procuration* (1964) de Freddie Francis ou du *Mannequin défiguré* (1969) de Jimmy Sangster.

L'horreur typiquement britannique de la Hammer fut assurément un phénomène bien à part dans un genre en pleine évolution. Le gothisme flamboyant des œuvres d'un Fisher

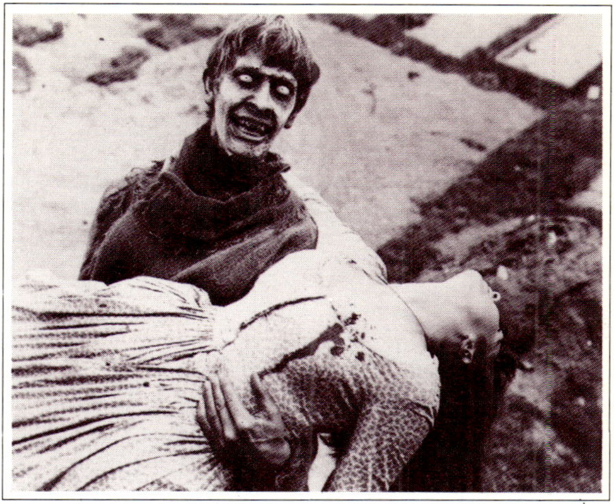

Invasion des morts-vivants - (John Gilling - 1966).

relève ainsi plus d'un style que d'une tendance bien définie et, à l'exception d'un cran supplémentaire dans la violence horrifique, on ne peut guère affirmer que le fantastique dans son ensemble ait profité de cette école.

La Femme reptile - (John Gilling - 1966).

Les années 60 sont, en effet, extrêmement riches en œuvres passionnantes de tous styles et en provenance de tous les pays. Anglais, Américains mais aussi Italiens,

L'heure des tueurs

Français, Japonais, Mexicains semblent s'être donné le mot pour nous apporter leur lot d'horreurs et de monstruosités en tout genre.
Les *psycho-killers* font leur apparition, les zombies deviennent cannibales et les vampires vont au bal.

Les meurtriers et assassins de tout poil ont toujours stimulé l'imagination des scénaristes et des réalisateurs. Liés, à l'origine, à une enquête policière débouchant inéluctablement sur la découverte du coupable, les maniaques ou tueurs fous sont peu à peu devenus le centre d'intérêt essentiel des films. Le premier grand tueur de l'histoire du cinéma fut assurément Becker, le dément pitoyable du classique *M le Maudit* (1931), de Fritz Lang. Inspiré des exploits de Fritz Haarman, « Le boucher de Hanovre », et de Peter Kurten, « le vampire de Düsseldorf », le film est une œuvre subtile, magnifiquement interprétée par Peter Lorre, où la critique sociale d'une société qui va basculer dans le nazisme est à fleur de pellicule. Ce classique de l'écran inspira, par la suite, un remake de Joseph Losey (1951) et deux œuvres différentes mais tout aussi remarquables : *Le Vampire de Düsseldorf* (1964), de Robert Hossein, et *La Tendresse des loups* (1973) d'Ulli Lommel.

Un monstre abominable (*La Femme-reptile*).

Jack the Ripper, connu chez nous sous le nom de Jack l'Éventreur, inspire, lui aussi, de nombreuses œuvres cinématographiques. *The Lodger*, roman à suspense écrit en 1911 par Mary Belloc Lowndes, où le criminel revêt la forme d'un mystérieux locataire, est transposé trois fois à l'écran dont une, en 1926, par Hitchcock sous le titre de *Meurtres*. Mais l'adaptation la plus horrifique à ce jour reste le *Jack l'Éventreur* (1959) de Monty Baker et Robert S. Berman. Faisant du criminel un médecin dément qui tue les prostituées pour venger la mort

M le Maudit, F. Lang - 1931

de son fils et qui finit écrasé par un ascenseur, le film, un mélange détonant d'érotisme malsain et de violence sadique.

Il ne faudrait pas oublier la série de films consacrés à deux autres criminels typiquement britanniques : Burke et Hare, des récupérateurs de cadavres de l'époque victorienne qui fournirent à Robert Knox, célèbre anatomiste écossais, quelques spécimens encore frais pour ses travaux chirurgicaux. Robert Louis Stevenson s'était inspiré de l'affaire dans une nouvelle, *Le Récupérateur de cadavres*, qui fut adaptée au cinéma dès 1945 par Robert Wise, avec Karloff et Lugosi (réunis pour la dernière fois à l'écran).

Les récupérateurs de cadavres

C'est John Gilling qui, dans *L'Impasse aux violences* (1959), nous donne la meilleure version de cette sombre histoire.

Autres temps, autres meurtres, le début des années 60 est marqué par l'émergence d'un nouveau type de criminels : les *psycho-killers.* Traumatisés par un choc émotionnel ou une enfance malheureuse, victimes de l'amour possessif de mères abusives, ils sont devenus des monstres de sadisme et de perversité que rien, *a priori*, ne permet de distinguer de leurs concitoyens.

Psychopathes contemporains

Le plus célèbre de ces tueurs psychopathes est, bien sûr, le Norman Bates de *Psychose* (1960), d'Alfred Hitchcock. Adapté du roman

Psychose toujours

de Robert Bloch, lui-même inspiré des exploits d'Ed Gein, un assassin nécrophile qui conservait dans sa ferme du Wisconsin le cadavre décapité de sa tendre maman, le film est aujourd'hui considéré comme un classique de l'horreur. L'interprétation exceptionnelle d'Anthony Perkins, qui reprend le rôle plus de vingt ans plus tard dans deux avatars d'intérêt inégal (le médiocre *Psychose 2* de Richard Franklin en 1983 et le très sympathique *Psychose 3* réalisé par Perkins lui-même en 1986), apporte à l'ensemble une dimension tragique formidable.

Les yeux du voyeur

Autre chef-d'œuvre des années 60, *Le Voyeur* (1959), de Michael Powell, est malheureusement moins connu du grand public. Fasciné par le cinéma, Mark enregistre la mort de ses victimes qu'il filme avec une caméra meurtrière munie d'un pied acéré comme une épée et de miroirs paraboliques qui permettent aux malheureuses de se voir mourir. Cerné par la police, Mark se suicide finalement en ayant pris soin d'enregistrer sa propre agonie.

Jack l'Eventreur
(Robert S. Berman et Monty Baker - 1959).

LA SCÈNE
DE MEURTRE
LA PLUS CÉLÈBRE
DE L'HISTOIRE
DU CINÉMA

Tournée en sept jours avec soixante-dix positions de caméra pour quarante-cinq secondes de film, la scène du meurtre de Janet Leigh sous la douche dans *Psychose* est, sans doute, la plus célèbre du cinéma. Hitchcock refusa le torse factice qu'on lui avait conçu et préféra jouer sur le montage. On ne voit en effet jamais le couteau pénétrer dans le corps et le sang entrevu à la fin de la scène est, en fait, de l'encre noire ! Plagiée, par la suite, dans de nombreuses productions horrifiques, cette séquence reste l'une des plus éprouvantes jamais tournées. Une admiratrice déclara un jour au réalisateur que depuis qu'elle avait vu le film, elle n'osait plus prendre de douche. Hitch lui répondit malicieusement que c'était une chance qu'il n'ait pas tourné la scène dans des toilettes !

Quelques autres criminels

Dans un registre similaire, *Répulsion* (1965), de Roman Polanski, nous dresse le portrait d'une jeune femme sexuellement frustrée qui sombre lentement dans la folie et assassine sauvagement deux hommes.

Psychose 2 (Richard Franklin - 1983).

Le Voyeur (Michael Powell - 1959).

Citons encore *Crime au musée des Horreurs* (1959), d'Arthur Crabtree, où, pour la première fois, sont mis en valeur les instruments utilisés par l'assassin pour accomplir ses sinistres exploits : tenailles

Le Cirque des Horreurs (Sidney Hayers - 1960).

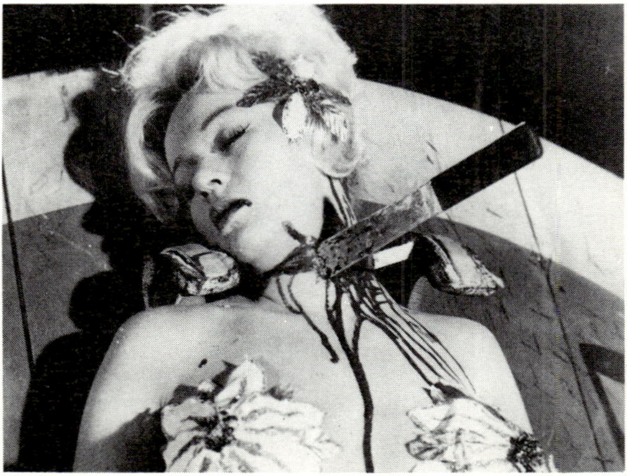

UN FOU DU GADGET

William Castle, mérite sans conteste le titre de roi du gadget horrifique. Chacun de ses films présentait en effet un *gimmick* souvent douteux destiné à attirer le spectateur dans les salles où étaient projetés ses films. Pour son *House on Haunted Hill* (1958), le système « emergo » permettait l'apparition soudaine de squelettes de chaque côté de l'écran, tandis que dans *The Tingler* (1960), le procédé « percepto » envoyait quelques légers chocs électriques dans le postérieur du spectateur ! Des lunettes bicolores distribuées à l'entrée de *Thirteen Ghosts* (1960) permettaient de voir avec un réalisme saisissant les treize fantômes promis par le titre. Pour *Homicidal* (1961), le spectateur signait une assurance décès en cas de mort subite au cours de la projection; le film était par ailleurs agrémenté d'une pause terreur de soixante secondes durant laquelle il pouvait sortir se faire rembourser son billet.

gigantesques, jumelles garnies de pointes jaillissantes qui crèvent les yeux de l'utilisateur dès que celui-ci manœuvre la molette de mise au point...

Le Cirque des horreurs (1960), de Sidney Hayers, est un film bizarre où le criminel, un chirurgien esthétique dément, opère des femmes défigurées pour les employer ensuite dans son cirque. Pâle imitation de *Psychose*, *Homicidal* (1961), de William Castle, ne vaut que par son coup de théâtre final : l'héroïne et son frère assassin ne font qu'un.

Tueurs fous et terreur psychologique

Dans la lignée de *Psychose*, les années 60 furent riches en œuvres d'atmosphère où l'aspect clinique du comportement du criminel prend une importance déterminante. Robert Aldrich, un vétéran d'Hollywood, nous propose ainsi deux films similaires : *Qu'est-il arrivé à Baby Jane ?* (1962) et *Chut... chut, chère Charlotte* (1964). Interprété par Bette Davis et

Joan Crawford, *Baby Jane* décrit l'affrontement de deux sœurs, ex-stars vieillissantes cloîtrées dans une demeure immense. La haine de Jane pour sa sœur Blanche, devenue paralytique à la suite d'un accident provoqué par sa jalousie, débouche sur la folie, le meurtre et la mort. Monument de noirceur et de cruauté, le film remporte un succès considérable qui amène Aldrich à réaliser *Chut... chut*, une œuvre de facture similaire, toujours avec Bette Davis, tandis que Olivia de Havilland prend le relais de Joan Crawford. Nettement

Le Viol du vampire
(Jean Rollin - 1967).

inférieur à *Baby Jane*, le film s'appuie sur une sombre machination avec apparitions cauchemardesques de (faux) cadavres décapités dans le but de faire sombrer une malheureuse dans la folie.

Quelques œuvres de la même eau furent concoctées par la suite : *Whatever Happened to Aunt Alice ?* (1969), produit par Aldrich et réalisé par Lee H. Katzin, avec Geraldine Page et Ruth Gordon; *La Meurtrière diabolique* (1964), de William Castle, où Joan Crawford manie la hache avec une belle dextérité; sans oublier deux autres films interprétés par Shelley Winters et réalisés par Curtis Harrington, *What's the Matter with Helen ?* (1971) et *Whoever Slew Auntie Roe ?* (1971). Ces thrillers d'épouvante permettent à quelques stars sur le retour d'entamer une seconde carrière dans un genre bien défini.

Terreurs européennes des années 60

Tout comme la Grande-Bretagne, en pleine période Hammer, le cinéma d'horreur continental connaît à cette époque d'importants bouleversements. Roger Vadim aborde le thème du vampirisme par sa version du *Carmilla* de Sheridan Le Fanu. Teinté de lesbianisme et d'érotisme, son *Et mourir de plaisir* (1960) trouve son prolongement dans les séries Z de Jean Rollin : *Le Viol du vampire* (1967), *La Vampire nue* (1969), rares exemples, au vrai peu convaincants, d'un fantastique à la française.

Les prémices du "giallo", *La Fille qui en savait trop* (Mario Bava - 1964)

Beaucoup plus intéressants, les films d'un Mario Bava ou d'un Riccardo Freda donnent au cinéma fantastique italien ses lettres de noblesse. Fondateur d'un style, le *giallo*[1], polar teinté d'horreur où un mystérieux

Les masques du démon

assassin masqué et ganté perpètre des meurtres horribles à l'arme

1. *Giallo* (pluriel *gialli*), en italien : «jaune» = roman policier, car une célèbre collection de polars, semblable à notre «série noire», fut publiée sous couverture jaune canari par l'éditeur Mondadori.

blanche (*La Fille qui en savait trop*, 1962; *Six femmes pour l'assassin*, 1964), Mario Bava nous donne avec *Le Masque du démon* (1960) un authentique chef-d'œuvre. Interprété par Barbara Steele, la grande star féminine de l'horreur, le film est une véritable symphonie baroque en noir et blanc. Bava aborde à nouveau le thème du vampirisme dans un péplum, *Hercule contre les vampires* (1961), et surtout dans *Les Trois Visages de la peur* (1963), un film à sketches dont le

Un autre chef-d'œuvre d'Hitchcock : *les Oiseaux* (1963).

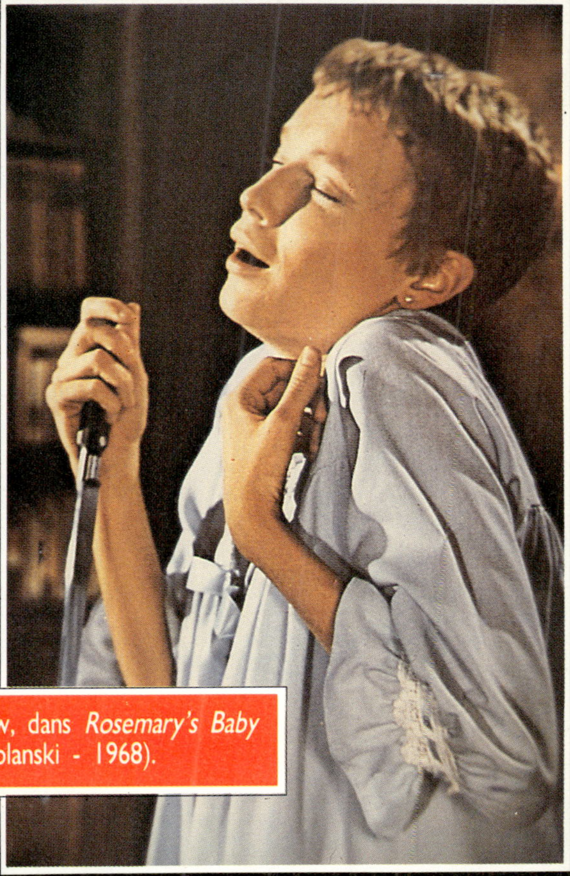

Mia Farrow, dans *Rosemary's Baby* (Roman Polanski - 1968).

troisième segment, *Le Wurdalak*, nous montre un Boris Karloff en vampire russe.

Riccardo Freda nous offre, lui, avec *L'Effroyable Secret du docteur Hichcock* (1962) et sa séquelle, *Le Spectre du professeur Hichcock* (1963), deux œuvres vénéneuses et envoûtantes. Véritables odes à la nécrophilie, ces films évoquent, par leur mélange de romantisme exacerbé et d'angoisse savamment distillée, un Edgar Poe revu et corrigé par Hitchcock (le nom du docteur n'est évidemment pas un fruit du hasard). *La Danse macabre* (1964), avec Anthony M. Dawson, alias Antonio Margheriti, également interprété par Barbara Steele, est, lui aussi, fortement influencé par Poe.

Terreurs américaines des années 60

Les réalisateurs spécialisés dans l'épouvante tentent à présent de procurer aux spectateurs des frissons encore inédits : Hitchcock avec son fabuleux *Les Oiseaux* en 1963, modèle référentiel du film d'agression animale; Polanski avec son *Rosemary's Baby* en 1968, film culte sur le satanisme contemporain. Roger Corman se contente, lui, de dépoussiérer les chefs-d'œuvre littéraires d'Edgar Poe, dans des adaptations plus ou moins fidèles mais toujours empreintes d'une poésie indéniable.

La Chute de la maison Usher (1960), première de ces adaptations, est aussi la plus réussie. Tourné presque entièrement en studio, le film doit beaucoup à la performance de Vincent Price et à un travail

Wizard of Gore
(Hershell Gordon Lewis - 1970)

magnifique sur la couleur. Barbara Steele fait une apparition discrète dans *La Chambre des tortures* (1961) qui, inspiré de la nouvelle *Le Puits et le Pendule*, vaut surtout par sa spectaculaire scène finale. Passons sur *L'Enterré vivant* (1962), film médiocre, pour nous concentrer sur *L'Empire de la terreur* (1962), constitué de trois sketches interprétés par Vincent Price et Peter Lorre. Le plus effrayant est incontestablement celui du chat noir, avec une séquence cauchemardesque

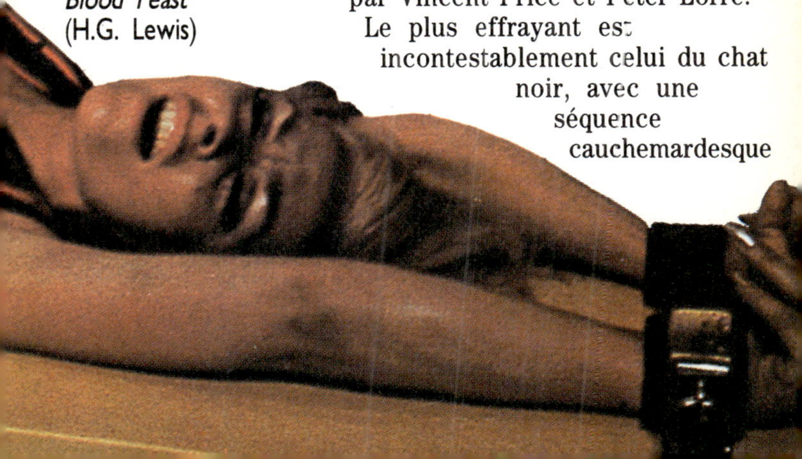

Blood Feast
(H.G. Lewis)

où Price arrache la tête de Lorre pour la donner à manger au matou. Les deux acteurs fétiches du réalisateur sont, la même année, réunis avec Boris Karloff pour *Le Corbeau*, qui tend à verser dans la parodie, et Corman, quelque peu lassé de Poe, se tourne vers H.P. Lovecraft avec *La Malédiction d'Arkham* (1963) où la magie noire tient une place prépondérante.

Exilé en Grande-Bretagne, plus ouverte à ses délires gothiques, Corman y réalise *Le Masque de la mort rouge* (1964), son œuvre la plus ambitieuse, où il donne une interprétation saisissante de cette mort épidémique venue châtier des nobles corrompus et décadents. Dernière œuvre du cycle Poe, *La Tombe de Ligeia* (1964) semble marquer un retour à l'esprit originel des romans.

Herschell Gordon Lewis ou la naissance du gore

Si le cinéma d'horreur ultra-violent a connu son paroxysme à la fin des années 70 et au début des années 80, il faut remonter aux années 60 pour trouver ses sources sanglantes avec la dizaine de films tournés par Herschell Gordon Lewis. Ayant commencé par quelques séries Z plutôt sexy, ce réalisateur marginal comprend qu'il aura beaucoup moins de concurrence en tournant des films encore jamais vus. En décidant d'exploiter à fond le sadisme et la cruauté, en faisant de ses films des œuvres jusqu'au-boutistes dans l'horreur, Lewis a involontairement créé un nouveau genre : le cinéma vomitif ou cinéma de *gore* (en anglais : « sang versé »).

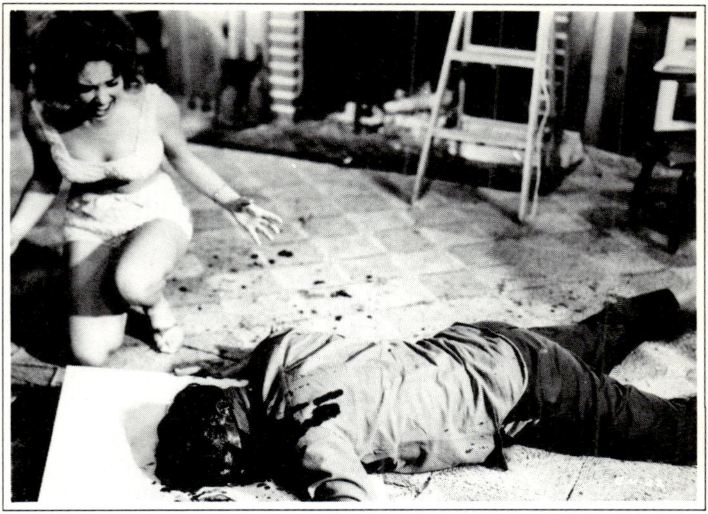

Colour me Blood Red (H.G. Lewis - 1965)

Tourné en quelques jours à Miami en 1963, *Blood Feast* est le premier jalon de cette révolution. Fuad Ramsès, adepte du culte de la déesse Ishtar, célèbre sa religion en assassinant et en mutilant des jeunes femmes. Yeux, cervelles, langues et seins sont arrachés puis cuits au four car le meurtrier est aussi traiteur de son métier !

Orgies sanglantes

Ayant malgré tout remporté un succès public relatif, Lewis récidive avec *2000 Maniacs*, un film beaucoup plus ambitieux et bénéficiant de moyens plus importants. Une petite ville du Sud détruite au cours de la guerre de Sécession réapparaît brusquement en 1965 et ses habitants en profitent pour se venger contre les innocents touristes aventurés dans la région. Bras coupés et cuits à la broche, corps écrasés par un rocher et autres douceurs complètent ce portrait idyllique de l'hospitalité sudiste.

Totalement inédit chez nous, *Colour me Blood Red* (1965) nous décrit les méthodes peu orthodoxes d'un peintre dément qui utilise le sang de ses victimes pour réaliser ses toiles. Après un bref retour à l'univers du porno *soft*, Lewis aborde le thème du vampirisme avec *A Taste of Blood* (1967), fortement inspiré par les films de la Hammer. *The Gruesome Twosome* (1967) marque, lui, une tentative vers la comédie macabre. Une mère et son fiston dégénéré fabriquent des perruques aux cheveux cent pour cent naturels; ce qui nous vaut quelques scènes mémorables de scalp ou de décapitation (au couteau électrique, bien évidemment !). *Sex, guts, blood, and all men are mothers !* (« Du sexe, du sang, et tous les hommes sont des femmelettes ! »), telle est la devise du gang féminin de *She-Devils on Wheels* (1968), qui fut avec *Blood Feast* le plus grand succès commercial de son auteur.

Autant en emporte le sang

Revenu au porno le temps de deux ou trois films, Lewis effectue un retour en force au *gore* en 1970 et 1972 avec *Wizard of Gore* et *Gore Gore Girls* qui restent également les derniers films tournés par ce génie méconnu. Montag le Magnifique, un magicien, est le héros de *Wizard of Gore.* Il accomplit sur scène des tours sanglants (femme sciée en deux, crâne transpercé par une pique de métal, etc.) qui semblent inoffensifs au public hypnotisé mais deviennent réalité après la fin du spectacle. Doté d'un final complètement délirant, le film fut tourné dans des lieux réels et les cadavres entrevus dans une maison de pompes funèbres sont authentiques !

Gore Gore Girls vient terminer en beauté cette série d'œuvres vomitives. À partir d'une très vague enquête policière, Lewis nous offre un véritable feu d'artifice de *gore* : égorgements, seins tranchés au sécateur, visages écrabouillés à coups de hachoir ou plongés dans de l'huile bouillante, tête écrasée en gros plan par une voiture. Depuis, à la suite de graves difficultés, Lewis n'a plus tourné et, si l'on a un instant parlé d'un *Blood Feast 2*, il semblerait que ce projet soit pour l'instant écarté.

Un festival de gore

Tournés à la va-vite avec peu de moyens et des acteurs non professionnels, les films de Herschell Gordon Lewis semblent assumer pleinement leur statut de nullités et de curiosités du septième art. Revendiquant totalement l'extrémisme sanglant qui les légitime, ils ont indéniablement exercé, et ce en dépit de leur diffusion confidentielle, une influence déterminante sur le cinéma d'horreur contemporain. Les *Massacre à la tronçonneuse*, *Vendredi 13* et autres films de zombies des années 70 n'auraient jamais été les mêmes sans les nanars sublimes de ce pionnier de génie.

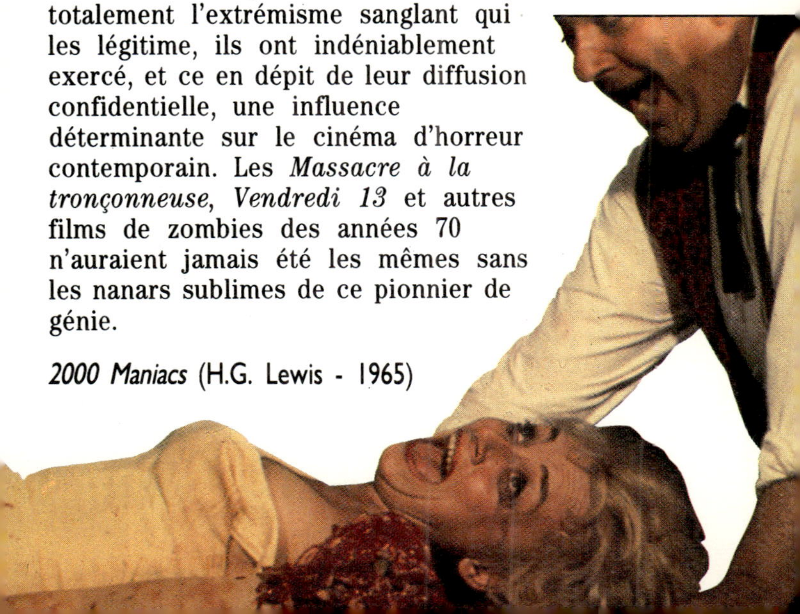

2000 Maniacs (H.G. Lewis - 1965)

ANNÉES 70 : HORREUR RESPECTABLE ET HORREUR VOMITIVE

Nosferatu (Werner Herzog - 1979).

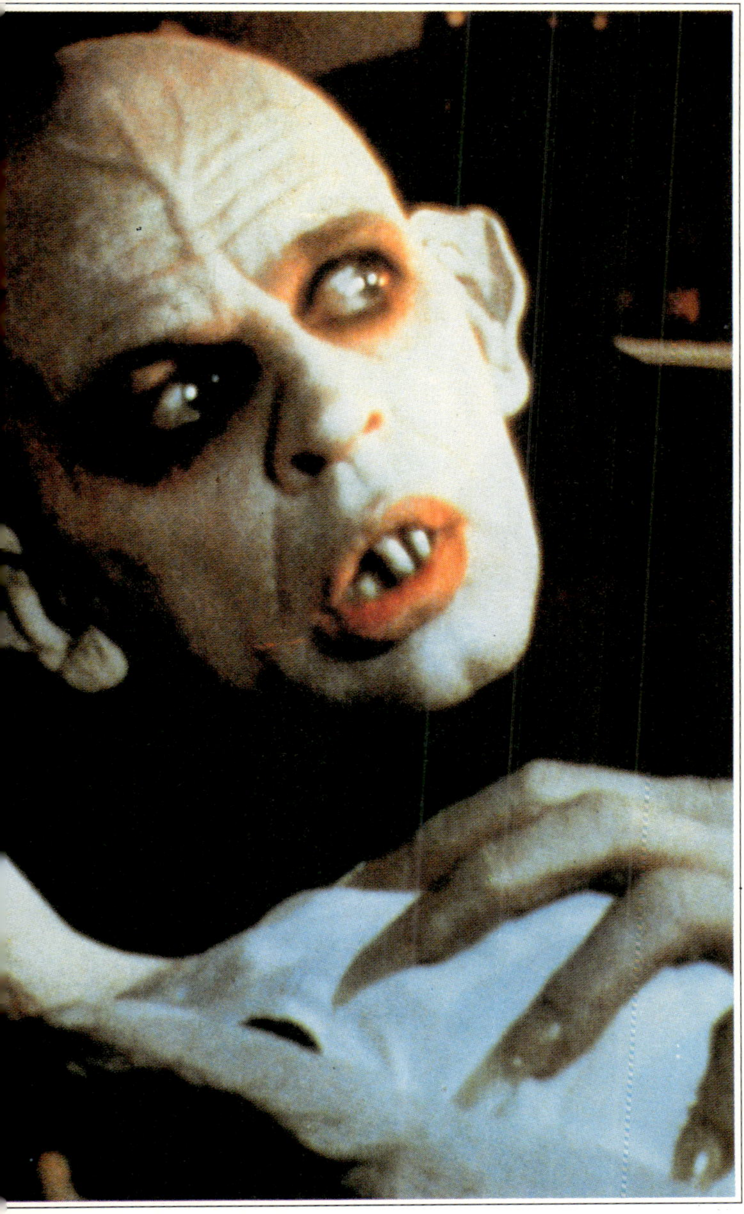

Paradoxale. Ce qualificatif peut sans conteste s'appliquer au cinéma d'horreur de cette décennie fort agitée. Sous les coups de boutoir de films policiers ou de westerns ultra-violents (Le Parrain, Bonnie and Clyde, La Horde sauvage), *la censure se fait plus clémente et les films d'horreur s'engouffrent dans cette percée. Plus encore, les grandes compagnies américaines montrent un intérêt aussi soudain que suspect pour le genre et se lancent dans des superproductions horrifiques à consonance religieuse qui cassent la baraque au box-office. Mais c'est aussi l'époque des petits produits agressifs et dérangeants, tournés avec peu de moyens, qui deviennent des succès mondiaux, voire des films cultes. En Europe, l'Italie, toujours prompte à récupérer les grands mythes cinématographiques, prend le relais d'une Grande-Bretagne exsangue et se lance dans des débordements vomitifs à tous crins. Bref, l'horreur s'institutionnalise, s'internationalise pour enfin devenir un genre autonome à part entière.*

Le conflit vietnamien, les soubresauts économiques et sociaux de la fin des années 60 ont suscité le doute. Le mysticisme et la religion apparaissent comme un ultime recours aux doutes et aux interrogations. Parallèlement les majors *se lancent dans toute une série de films paroxystiques où l'éternel conflit du bien et du mal se reflète symboliquement dans des duels au sommet entre hommes d'Église et forces démoniaques.*

Après le succès public colossal du *Rosemary's Baby* (1968) de Roman Polanski, un des premiers films à aborder le satanisme dans un contexte contemporain, *L'Exorciste* (1973), de William Friedkin, nous plonge directement au cœur de la lutte impitoyable entre le pouvoir religieux et le démon qui a pris possession de Regan, une jeune Américaine. Après la mort successive des deux prêtres chargés de l'exorciser, le Malin sera provisoirement vaincu. Ayant remporté un succès populaire considérable – ainsi qu'un Oscar – et engendré toute une série d'ersatz italiens ou espagnols bien médiocres, la Warner, productrice du film, décide d'apporter une

Les exorcistes en piste

Le spécialiste entre en action (*L'Exorciste*, William Friedkin - 1973)

L'Hérétique, John Boorman - 1977

suite. Mal lui en prend. *L'Hérétique* (1977), de John Boorman, est un désastre financier; devant l'insuccès public, le réalisateur doit même tourner des scènes finales additionnelles pour la version européenne. Reprenant le thème de la quête initiatique que l'on retrouve dans toute son œuvre, Boorman nous offre une plongée magnifiquement photographiée dans la démonologie primitive symbolisée par ce démon Pazuzu qui va, à nouveau, s'attaquer à la malheureuse Regan, en dépit des efforts désespérés du prêtre, incarné par Richard Burton.

Les malédictions du diable

Voulant concurrencer la Warner, la Fox se lance à son tour dans la bataille avec la série des *Malédiction*, qui reprend le thème de l'invasion diabolique en l'agrémentant de connotations politiques. Véritable incarnation de l'antéchrist, Damien est

adopté par un diplomate de haut rang (Gregory Peck); s'étant débarrassé de manière violente de tous ceux qui pourraient contrecarrer son ascension, il fait son entrée à la Maison-Blanche dans le premier épisode de la série, réalisé par Clive Donner en 1976.

Devenu adolescent dans *Damien. La Malédiction 2* (1978), de Don Sharp, Damien apprend sa véritable identité dans le collège militaire où il fait ses études et élimine froidement ceux qui découvrent son secret.

La Malédiction
(Don Sharp - 1978)

UNE VOIX D'ENFER !

C'est l'actrice Mercedes McCambridge, détentrice d'un Oscar pour *Les Fous du roi* (1949), qui prête sa voix au démon dans les séquences de possession de *L'Exorciste*. Elle avalait quotidiennement dix-huit œufs crus et une pomme molle afin d'accomplir les grognements, chuchotements et autres bruits de vomissement nécessités par le rôle. En outre, elle se fit lier les pieds et les mains afin de rendre plus réalistes ses efforts sonores. Il faut dire que le jeu en valait la chandelle, puisque l'actrice toucha 2 000 $ par jour pendant quatre semaines pour ses performances vocales. L'histoire ne dit pas si elle se débattit comme un beau diable.

Âgé de trente-deux ans et disposant d'une fortune colossale, Damien tente d'organiser son empire sous le couvert d'œuvres de charité. Il est définitivement vaincu par un moine qui a découvert ses desseins diaboliques dans *La Malédiction finale* (1981), de Graham Baker, ultime épisode d'une série qui s'est essoufflée de film en film. Disposant chacun d'une ou de plusieurs scènes horrifiques, ces films plutôt grandiloquents ont remis le thème de la possession démoniaque au goût du jour.

Si *La Maison du diable* (1963), de Robert Wise, est considéré comme le modèle du film de maison hantée, *Amityville, la maison du diable* (1979), de Stuart Rosenberg, pourrait

Les perversités de l'Antéchrist (*La Malédiction finale*, Graham Baker - 1981)

bien être son prolongement contemporain. Inspiré d'un fait divers, le film

Fantômes des années 70

Amityville, la maison du Diable (Stuart Rosenberg - 1979)

narre les déboires d'une famille venue s'installer dans cette inquiétante demeure, théâtre d'un meurtre dix ans auparavant. Une suite d'événements terrifiants contraint les nouveaux occupants à quitter les lieux au moment même où le chef de famille va lui aussi sombrer dans la folie homicide. Le film se voit agrémenté de deux suites : *Amityville 2* (1982), de Damiano Damiani, qui effectue un retour en arrière pour s'attacher aux sources mêmes de la malédiction et en particulier au meurtre collectif de la famille tourné dans le plus pur style de *L'Exorciste*. *Amityville 3*, réalisé en 1983 par le vétéran Richard Fleischer, offre pour attrait l'apport du relief et demeure inédit dans nos salles.

Fruit d'un accouplement abominable entre le diable et une jeune femme innocente, le bébé démoniaque de *Rosemary's Baby* a su trouver de dignes héritiers dans les bébés monstrueux de la trilogie réalisée par Larry Cohen (*Le monstre est vivant*, 1973; *Les monstres sont toujours vivants*, 1978; et *Island of the Alive*, 1987). Avides de chair humaine, ces bébés cannibales constituent une menace pour l'ordre établi.

Dans un tout autre registre, *Les Innocents* (1960), de Jack Clayton, adapté du roman *Le Tour d'écrou*, de Henry James, est assurément le plus beau film abordant le thème de la perversité enfantine. Œuvre de terreur psychologique plus que d'horreur pure, *Les Innocents* demeure un monument d'angoisse où le romantisme de l'ère victorienne sert de cadre aux activités malfaisantes de deux êtres angéliques possédés par un couple d'amants défunts.

L'innocence perverse

Dix ans plus tard, Michael Winner introduit un prologue à l'histoire avec *Le Corrupteur* où, époque oblige, sexualité et violence l'emportent sur le tourbillon des passions du film précédent. Si l'interprétation écrasante de Marlon Brando domine cette production assez platement réalisée, le film nous montre à présent la vraie nature meurtrière des deux enfants se débarrassant du couple d'adultes pervers.

Le Monstre est vivant (L. Cohen, 1973)

Beaucoup plus subtil, *L'Autre* (1972), de Robert Mulligan, aborde le thème de la gémellité dans une œuvre étrange, à mi-chemin entre rêve et réalité. Niles, le jeune héros de l'intrigue, a-t-il véritablement un frère jumeau

Les Innocents (Jack Clayton - 1960)

responsable de tous les événements effroyables qui agitent sa petite communauté ? Ce double fantomatique n'est-il pas le produit de son imagination ? Le réalisateur se refuse à toute explication logique pour laisser son film baigner dans l'irrationnel poétique.

Sanguinaires adolescentes

Beaucoup plus violent, *Sœurs de sang* (1972), de Brian de Palma, tente de cerner la double personnalité d'une jeune femme psychopathe perturbée par une opération chirurgicale qui l'a séparée de sa sœur siamoise morte durant l'intervention. Également réalisé par Brian de Palma d'après un roman de Stephen King, *Carrie* (1976) est un très beau portrait d'adolescente possédant des dons de télékinésie qui lui permettent de se venger brutalement d'une mère fanatiquement religieuse et de ses camarades de classe qui l'ont ridiculisée publiquement.

Évolution radicale du genre, les charmants bambins sont, à présent, des tueurs impitoyables capables d'autant de cruauté que leurs compères adultes. Les assassins en herbe surgissent sur l'écran dans *Les Révoltés de l'an 2000*, très belle fable espagnole de Narcisso Ibañez Serrador. Lassés d'être les victimes innocentes de la folie belliciste du monde adulte, les enfants se révoltent et massacrent impitoyablement tous ceux qui dépassent l'âge limite. Ayant pris possession d'une île, ils menacent finalement d'envahir le continent.

Tueurs en culottes courtes

Tout aussi sadiques et pervers que leurs homologues espagnols, trois enfants, nés le même jour au cours d'une éclipse de soleil, célèbrent dignement leur dixième anniversaire en tuant froidement une partie de leur famille dans le réjouissant *Tueurs de l'éclipse* (1980) du Canadien Ed Hunt. Si les garçons sont arrêtés, la petite fille court toujours...

Après ces quelques digressions enfantines, il

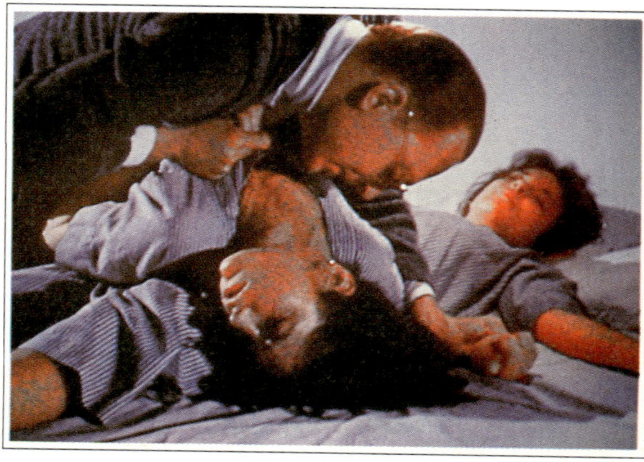

Sœurs de sang (Brian de Palma - 1972)

est temps, à présent, de revenir sur les grands monstres de l'horreur traditionnelle.

Disons-le d'emblée, l'époque ne fut guère favorable aux vampires. Supplantés par d'autres carnassiers, aquatiques ceux-là (la série des *Dents de la mer* et ses ersatz), ils préférèrent, la plupart du temps, rester dans leur caveau familial. Certains, plus entreprenants que d'autres, tentèrent malgré tout une incursion dans notre société. C'est le cas de *Martin* (1977), de George Romero, qui marque une

Carrie
(Brian de Palma - 1976)

Vampires et zombies des années 70

approche tout à fait originale du mythe. Le vampire n'est plus un monstre dentu revêtu d'une cape noir et rouge, mais un adolescent malingre qui endort ses victimes à l'aide d'une seringue puis entaille leurs chairs avec une lame de rasoir pour se repaître de leur sang. Le vampirisme est alors considéré comme une maladie pathologique incurable qui ne connaît sa fin qu'avec la mort du monstre.

Les vampires ont les crocs

Beaucoup plus classiques dans leur approche, *Les Nuits de Dracula* (1970) de l'Espagnol Jesús Franco, le *Dracula* (1979) de John Badham ou le remake de *Nosferatu* (1979) de Werner Herzog tentent, avec plus ou moins de bonheur, de revenir aux sources mêmes du mythe.

Les morts vivants, tout au contraire, se sont parfaitement adaptés à l'évolution des mœurs, et ce dès 1968, lorsque George Romero révèle aux foules ébahies sa célèbre *Nuit des morts vivants*. Tourné en noir et blanc avec un budget dérisoire, le film s'inspire vaguement de *Je suis une légende*, classique de la littérature fantastique de Richard Matheson. Touchés par de mystérieuses radiations, les morts sortent de leurs tombes et se mettent à dévorer les vivants. Un groupe d'individus, cerné dans une ferme isolée, tente vainement de survivre. Semé de scènes horrifiques d'une audace incroyable (la petite fille dévorant son père avant de trucider sa mère à coups de truelle), le film laisse, par ailleurs, transparaître la verve satirique du réalisateur dans une fin symbolique où l'ultime survivant, un Noir, est abattu par la police. *La Nuit des morts vivants* allait naturellement engendrer un nombre incalculable d'œuvres similaires.

La nuit des zombies

Du Canada, tout d'abord, avec *Le Mort vivant* (1972), de Bob Clark, un petit film

Zombie (George A. Romero -1978)

fort intéressant où un soldat tué au Viêt-nam revient au logis familial pour se nourrir de sang. Son corps ayant entamé un processus accéléré de pourrissement, Andy creuse de ses propres mains la tombe destinée à lui apporter le repos éternel. Dans un même contexte militaire, *Le Commando des morts vivants* (1975), de Ken Wiederhorn, nous offre des zombies nazis aquatiques plutôt réussis mais assez pâles en comparaison des morts vivants déchaînés de *Zombie* (1978), deuxième volet de la trilogie tournée par Romero. Longtemps interdit chez nous, le film parvient à surpasser en horreur le premier épisode de la série dont il n'est, en fait, qu'un remake en couleurs. Réfugié dans un centre commercial gigantesque, un groupe de survivants doit, à nouveau, affronter l'invasion généralisée des morts vivants cannibales. Agrémenté de scènes horrifiques particulièrement répugnantes orchestrées par Tom Savini, un maître en la matière, *Zombie* laisse, comme son prédécesseur, transparaître l'humour contestataire de son auteur.

La surenchère dans l'horreur : *L'Enfer des zombies* (Lucio Fulci - 1979)

Voulant battre Romero sur son propre terrain, l'Italien Lucio Fulci nous offre avec *L'Enfer des zombies* (1979) un véritable festival de *gore*. Située en Jamaïque, l'intrigue n'est que prétexte à une succession de séquences abominables qui furent charcutées par notre commission de contrôle.

L'horreur parasitaire des années 70

Loin des grands monstres de l'épouvante classique, un certain cinéma d'horreur contemporain semble se démarquer de la production courante du genre par sa propension à nous montrer une monstruosité organique engendrée par l'individu lui-même. Appendices gluants, excroissances visqueuses se développent dans les corps puis jaillissent au grand jour pour accomplir leurs ravages. La science-fiction s'est emparée de ce thème dans des œuvres à consonance horrifique comme le magnifique *Alien* (1979), de Ridley Scott, où la créature se niche dans la poitrine même du malheureux John Hurt, tout comme l'extra-terrestre polymorphe du remake de *The Thing* tourné en 1983 par John Carpenter. Dans un registre beaucoup plus hermétique, il faudrait citer le curieux bébé du très original *Eraserhead* ou *Labyrinth Man* (1972), de David Lynch, véritable fœtus braillard à tête de lapin écorché qui,

Alien, le 8ème passager (Ridley Scott - 1979)

débarrassé de ses bandelettes, révèle des entrailles béantes.

Mais le champion incontesté de cette horreur parasitaire pourrait bien être le Canadien David Cronenberg, dont l'œuvre présente une fascination quasi obsessionnelle pour les mutations organiques engendrées par des dérèglements psychosomatiques ou des expériences scientifiques inconsidérées. Des sangsues visqueuses et voraces propagent une véritable épidémie de frénésie sexuelle dans *Frissons* (1975); un appendice greffé sur une jeune femme provoque en elle une soif inextinguible de sang humain puis contamine une ville entière dans *Rage* (1976); des fœtus monstrueux se développent sur l'abdomen d'une autre jeune femme et prennent l'apparence d'enfants mutants et meurtriers dans *Chromosome 3* (1979); des crânes explosent dans des combats télépathiques dans *Scanners* (1980); un journaliste arriviste devient une véritable entité mécanique et organique pour assurer le triomphe de la « nouvelle chair » de *Vidéodrome* (1982); un jeune savant se transforme en une créature hybride et pourrissante dans *La Mouche* (1986) : David Cronenberg a bien su exprimer la spécificité de l'horreur moderne.

L'horreur vénérienne de David Cronenberg

L'image dévorante : *Vidéodrome* (David Cronenberg - 1982)

Si l'apparition de l'horreur organique marque cette décennie, une nouvelle race d'assassins y connaît aussi son heure de gloire : les *psycho-killers.* Dignes héritiers du Norman Bates de *Psychose,* ils manient les instruments tranchants avec une belle dextérité et s'adaptent à la vie moderne en se reconvertissant dans les tronçonneuses, perceuses et autres outils apparemment destinés au bricolage.

Tueurs fous et maniaques déments des années 70

En Italie, Mario Bava a depuis longtemps posé les jalons du genre par le biais du *giallo*, polar rendu horrifique et violent, qui trouve sa pleine expression avec les films de Dario Argento, son fils spirituel. *L'Oiseau au plumage de cristal* (1969), *Le Chat à neuf queues* (1970), *Quatre mouches de velours gris* (1971), premiers *gialli* tournés par le réalisateur, sont ainsi fortement influencés

L'Oiseau au plumage de crystal (Dario Argento - 1969)

Quatre Mouches de velours gris (Dario Argento - 1976)

par l'œuvre d'un Bava qui, avec sa *Baie sanglante* (1972), a atteint le summum de la cruauté homicide et de l'humour hyper-noir.

Les frissons de l'angoisse

Mais c'est avec *Les Frissons de l'angoisse* (1975) qu'Argento donne au *giallo* son chef-d'œuvre incontournable. Un mystérieux tueur y perpètre une série de crimes abominables au son d'une comptine. Privilégiant la forme sur le fond, le réalisateur italien nous offre une véritable symphonie meurtrière filmée avec une audace stupéfiante : l'œuvre d'Argento est l'expression baroque d'une horreur typiquement latine où la violence est sublimée en de sanglantes arabesques meurtrières. Citons enfin *L'Ennemie vivante* (1977), de Lucio Fulci, qui méritait un meilleur accueil.

Tandis que les réalisateurs italiens se

lancent à corps perdu dans les opéras fantasmatiques du *giallo* d'épouvante, une nouvelle race de *psycho-killers* commence à déferler sur les écrans américains. Faisant leurs premières armes dans de petites productions indépendantes, ces tueurs psychopathes surpassent en imagination et en nombre de victimes tous leurs prédécesseurs. Récupérés par les grandes compagnies, ils vont graduellement sombrer dans la monotonie répétitive, leur seul intérêt résidant finalement dans l'imagination perverse déployée pour accomplir leurs forfaits et dans les effets spéciaux sanglants créés par les spécialistes.

L'invasion des psycho-killers

Wes Craven inaugure cette tendance dès 1972 avec *Last House on the left (La Dernière Maison sur la gauche)*, assurément

Les Frissons de l'angoisse (Dario Argento - 1975)

Massacre à la tronçonneuse (Tobe Hooper - 1974)

L'horreur malsaine de Wes Craven

l'un des films les plus malsains jamais tournés. S'inspirant bizarrement de *La Source* de Bergman, l'intrigue reprend le thème de la vengeance familiale. Quatre voyous, trois garçons et une fille, enlèvent, torturent et mutilent deux adolescentes avant de les abattre. Tombés en panne, les loubards se retrouvent par hasard dans la maison des parents, un couple de braves Américains, qui se vengent d'une manière encore plus atroce. Tourné en 16 mm gonflé, *Last House* nous montre, pour la première fois, une tronçonneuse utilisée à des fins meurtrières, sans oublier une scène de castration buccale plus qu'éprouvante. Ce monument d'horreur glauque est à ce jour encore interdit un peu partout dans le monde.

LES SNUFF MOVIES EXISTENT-ILS ?

Au milieu des années 70, le bruit courut que certains films tournés en Amérique du Sud offraient des scènes de torture, de mutilation et de mise à mort non simulées et que ces œuvres abjectes baptisées *snuff movies* (du verbe *to snuff* : « mourir ») circulaient sous le manteau dans certaines grandes villes des États-Unis. Le F.B.I. mena l'enquête sans résultats mais la rumeur continua à persister, amplifiée par une petite série Z tournée en Argentine, précisément intitulée *Snuff*.
Le film culminait par une scène de *gore* particulièrement répugnante où une femme était démembrée et éviscérée. Allan Shackelton, directeur de la compagnie productrice du film, lança celui-ci avec une campagne de publicité tapageuse laissant sous-entendre que tout ce qui était montré à l'écran était vrai. Une semblable campagne précéda, plus tard, la sortie du film *Cannibal Holocaust* (1980), et devant les menaces d'interdiction, Ruggero Deodato, son réalisateur, dut faire une mise au point.

La tronçonneuse entre en action

Faisant à nouveau référence au thème de la vengeance familiale, Craven nous adresse, avec *La colline a des yeux* (1977), une autre œuvre pleine de vitriol et d'humour noir grinçant. Une famille dégénérée et cannibale agresse une famille typique de la *middle class* américaine, mais la vengeance de cette dernière est à la mesure de la cruauté de ses agresseurs...

Tout cela pour arriver au célèbre *Massacre à la tronçonneuse* (1974) de Tobe Hooper qui, en dépit de son titre alléchant (qui lui valut, sans doute, d'être longtemps interdit en France), n'est pas un film de *gore* à proprement parler. Fondé sur les exploits d'Emil Kemper et d'Ed Gein, deux célèbres criminels nécrophiles, *Massacre* est avant tout une œuvre d'atmosphère unique, qui vaut surtout par son décor étouffant dans lequel une famille démente de bouchers réduits au chômage se livre à des activités abominables sur de malheureux touristes. Dominé par les hurlements hystériques des victimes et les ronronnements rageurs de la célèbre tronçonneuse en action, le film culte de Hooper est bien l'expression ultime de la

Halloween III,
le sang du sorcier
(Tommy Lee Wallace - 1983)

UN FILM
SUR LA VIANDE !

Le tournage de *Massacre à la tronçonneuse*, en 1973, fut une épreuve terrible à la mesure de l'ambiance de tension intolérable qui émane de ce classique de l'horreur moderne. L'acteur interprète de « Leatherface » se coupa de nombreuses fois en maniant la célèbre tronçonneuse, Marilyn Burns se blessa assez gravement aux genoux en sautant par une fenêtre et lorsque l'une des actrices est censée être accrochée à un croc de boucher, ses cris de douleur ne sont absolument pas feints car les morceaux de bas qui la soutiennent la coupent littéralement en deux ! Au cours de la fameuse scène du repas qui fut tournée en plusieurs jours, la viande amoncelée sur la table se décomposait sous les projecteurs et dès que les caméras cessaient de tourner tout le monde se ruait littéralement aux fenêtres pour vomir ! Comme le dit Tobe Hooper, *Massacre* est un film sur la viande !

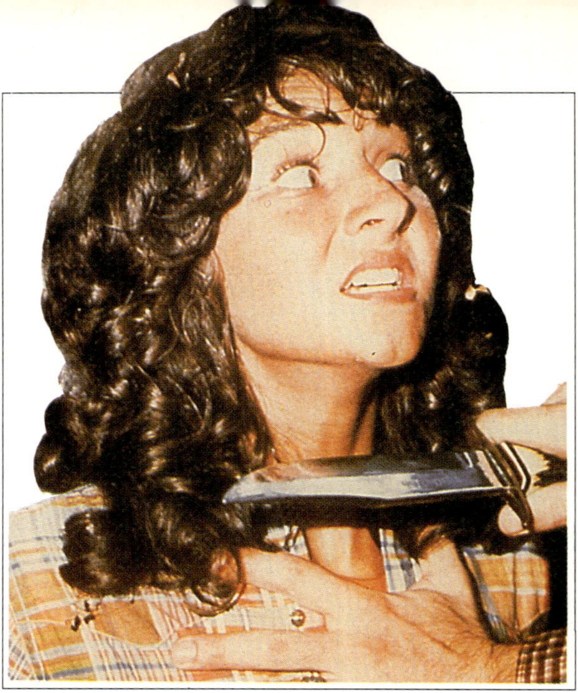

dégénérescence d'une société moderne qui sécrète ses propres tares.

Les masques de la mort

Dans un registre beaucoup moins malsain, John Carpenter nous donne avec *Halloween* (*La Nuit des masques*, 1978) une des meilleures œuvres d'angoisse de ces dix dernières années. Se déroulant au cours de la nuit d'Halloween, le film relate les exploits meurtriers d'un tueur indestructible qui revient sur les lieux de ses crimes. *Halloween* présente déjà les caractéristiques essentielles de la grande vague des *psycho-killers* des années 80 : tueur fou traumatisé dès l'enfance, adolescents sexuellement libérés, meurtres quasi rituels et expiatoires à l'arme blanche. Tourné avec un budget de 500 000 dollars, le film en rapporte plus de 50 millions et engendre deux suites assez médiocres produites par Carpenter : *Halloween 2* (1982), de Rick Rosenthal, et *Halloween 3. Le Sang du sorcier* (1983), de Tommy Lee Wallace. Et, aux dernières nouvelles, la saga continue.

Vendredi 13 (Sean Cunningham - 1980)

Le tueur fou, croque-mitaine échappé de nos cauchemars et de nos terreurs enfantines, a bien d'autres descendants. Le plus célèbre d'entre tous est peut-être Jason, le tueur de Crystal Lake, qui, ayant commencé ses exploits à la fin des années 70, en est à l'heure actuelle au septième épisode de ses activités criminelles.

Premier film de *gore* à avoir été distribué par une grande compagnie (la Paramount), *Vendredi 13*, premier épisode de cette interminable saga, est le prototype parfait d'une horreur contemporaine qui, délaissant toute considération logique et toute vraisemblance, n'est qu'une succession de scènes bien sanglantes visant à choquer, écœurer le spectateur. Jason, fils mongoloïde de Mme Woorhees, s'est noyé dans le camp de vacances de Crystal Lake pendant que ses moniteurs batifolaient dans la nature. La vengeance de la maman est terrible et elle étripe une bonne douzaine d'adolescents stupides et niais avant d'être elle-même décapitée par l'unique survivante du massacre. Le noyé, inexplicablement ressuscité, sort finalement des flots pour prendre le relais de sa défunte maman. Mais cela est une autre histoire... celle des années 80 !

ANNÉES 80 :

HORREUR TOUS AZIMUTS

L'Éventreur de New York (Lucio Fulci - 1982).

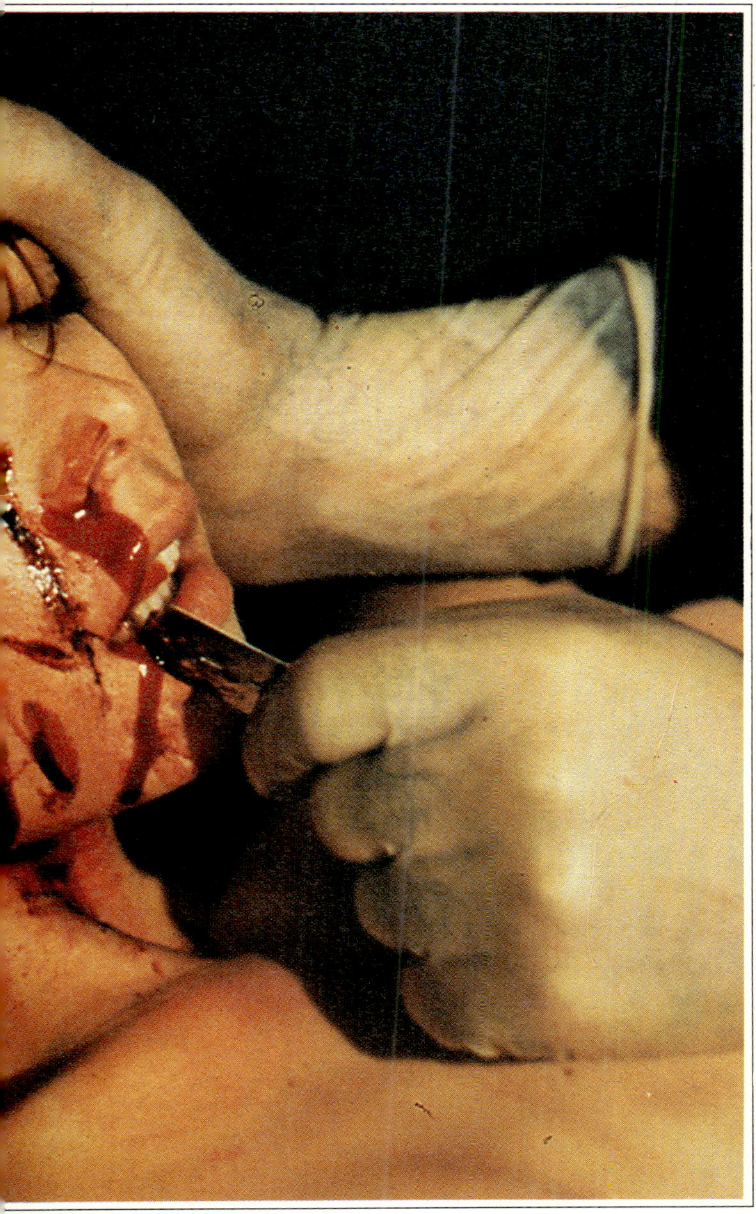

Désormais admis comme un genre autonome à part entière, le cinéma d'horreur connaît une grande période de popularité au début de la décennie puis retombe dans une période quelque peu creuse pour retrouver, à présent, un regain d'activité débordante.

La censure, qui s'était faite très discrète au cours des années 70, effectue, nouvelle morale oblige, un retour en force et les grandes compagnies préfèrent censurer elles-mêmes leurs films plutôt que de risquer l'X fatal qui les reléguerait dans le ghetto infamant des salles pornos, tandis que les petits producteurs indépendants sortent leurs produits sans passer par la sacro-sainte commission de contrôle, en courant le risque d'une distribution commerciale aléatoire.

Vendredi 13, chapitre final (Joseph Zito - 1984).

Grandeur et décadence des tueurs fous

Les succès phénoménaux remportés par *La Nuit des masques* puis par *Vendredi 13* ont, bien entendu, suscité bien des vocations criminelles, et les *psycho-killers* fleurissent sur les écrans. À peu près tous calqués sur le même modèle, ils exploitent un filon presque tari et sombrent rapidement dans la monotonie répétitive de meurtres commis à l'arme blanche sur la personne d'adolescents stupides et niais. Jason n'en finit plus de ressusciter (*Le Tueur du vendredi*, 1981; *Meurtres en trois dimensions*, 1983; *Vendredi 13, chapitre final*, 1984; *Vendredi 13, chapitre 5*, 1985; *Jason le mort vivant*, 1986; *Vendredi 13, chapitre 7*, 1987). À suivre. Il a engendré bien des rejetons. Citons entre autres *Carnage* (1980) de Tony Maylam, une autre histoire de tueur fou dans un camp de vacances avec de très « belles » séquences *gore* de Tom Savini; *Le Bal de l'horreur* (1980) de Paul Lynch, mélange débile de film disco et de film d'horreur interprété par Jamie Lee Curtis, l'héroïne d'*Halloween*; *Meurtres à la Saint-Valentin* (1981) de George Mihalka, sanglante vengeance d'un mineur fou dont les séquences les plus dures furent coupées par la Paramount; *Les Yeux de la terreur* (1981) de Ken Hughes, ou comment une étudiante, folle de jalousie, se transforme en une redoutable tueuse à moto qui sème les têtes sur son passage; *Terreur à l'Hôpital central* (1981) du Canadien Jean-Claude Lord, plus intéressant que le reste du lot avec son psychopathe à la poursuite d'une journaliste féministe dans les couloirs d'un hôpital désert. Terminons ce

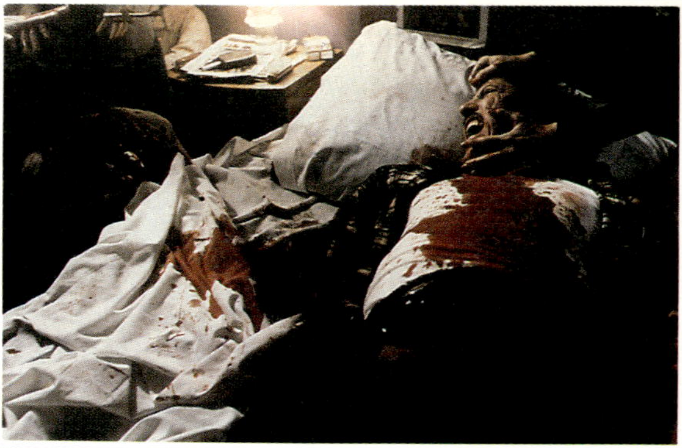

Maniac

tour d'horizon, bien entendu incomplet, avec *Maniac* (1981), de William Lustig, avec l'inquiétant Joe Spinell : c'est un festival d'effets spéciaux de *gore* signés par l'inévitable Tom Savini.

Fort heureusement, quelques petits comiques sont venus mettre un peu d'humour et de délire dans ces sinistres abattoirs humains, par le biais d'œuvres parodiques fort bien venues.

Le gore rigolo

Mother's Day (1981), de Charles Kaufman, est une petite perle où le mode de vie américain est mis à mal par l'intermédiaire d'une autre famille dégénérée qui, après avoir kidnappé quelques saines jeunes filles, doit subir leur vengeance ultra-saignante (et ultra-comique).

Nuits de cauchemar (1981), de Kevin Connor, est une autre perle méconnue où un couple de charcutiers déments transforme d'innocents touristes en chair à saucisse. Idée reprise, pour ne pas dire plagiée, dans *Massacre à la tronçonneuse 2* (1987), de Tobe Hooper, œuvre hautement jubilatoire et drolatique, où le réalisateur s'amuse à bousculer toutes les situations de sa première version pour nous offrir un monument d'humour noir dominé par l'interprétation de Denis Hopper en shérif taré.

À de rares exceptions près, les films à tueurs psychopathes semblent désormais voués au rabâchage; pourtant, imperturbablement, le genre continue à sécréter son lot annuel de *psycho-killers.* Seule l'intégration dans un autre genre comme le polar pourra lui accorder un nouveau souffle. Des œuvres aussi passionnantes que *L'Ange de la vengeance* (1980) d'Abel Ferrara, *Pulsions* (1980) de Brian de Palma et, plus récemment, le magnifique *Sixième sens* (1987) de Michael Mann sont bien là pour nous démontrer que les tueurs fous n'ont pas disparu.

La chute de l'empire italien

S'étant graduellement affirmé comme le seul apte à reprendre le flambeau d'une Grande-Bretagne en pleine crise cinématographique, le cinéma fantastique italien nous a donné quelques chefs-d'œuvre avant de sombrer dans la surenchère vomitive du *gore* à

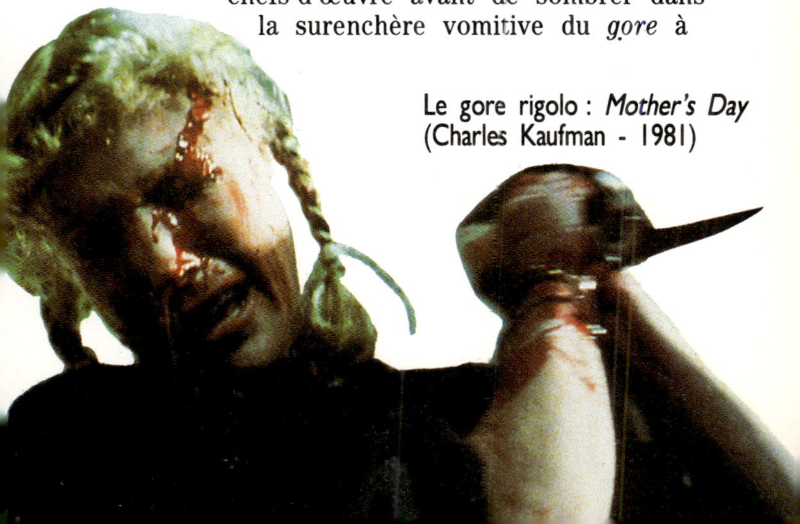

Le gore rigolo : *Mother's Day* (Charles Kaufman - 1981)

tous crins. Citons quelques films consacrés au cannibalisme comme *Cannibal Holocaust* (1980), de Ruggero Deodato, ou *Cannibal Ferox* (1982), d'Umberto Lenzi, œuvres plutôt bien faites au demeurant, mais laissant suinter une idéologie plus que douteuse. N'oublions pas, au passage, l'inénarrable *Anthropophageous* (1980), de Joe d'Amato, série Z qui restera dans les mémoires par sa scène finale où l'anthropophage finit, faute de proies, par dévorer ses propres entrailles !

Le succès de son *Enfer des zombies* inspire à Lucio Fulci une série de films qui débute en 1980 avec *Frayeurs* : un prêtre accomplit sa vengeance d'outre-tombe en réveillant les forces de l'enfer et en levant une armée de morts vivants déchaînés; crâne perforé par une perceuse électrique, cervelle arrachée à la main, jeune femme vomissant ses entrailles constituent les moments choc d'une intrigue qui se termine aux portes de l'enfer.

Les portes de l'enfer

L'Au-delà (1980) prolonge cette exploration des mondes infernaux dans un hôtel qui peut faire songer à celui de *Shining* (1980), de Stanley Kubrick. À l'exception d'un visage rongé par l'acide et d'une langue dévorée par quelques mygales, le film sombre dans les redites. Cet essoufflement s'accentue avec *La Maison près du cimetière* (1982), où le réalisateur tente d'introduire des éléments propres au fantastique classique, mais l'ensemble n'est guère convaincant. Fulci esquisse une approche du *psycho-killer* en 1982 avec *L'Éventreur de New York*, œuvre assez médiocre et malsaine, qui reste le dernier film à peu près acceptable d'un

L'Au-delà (Lucio Fulci - 1980)

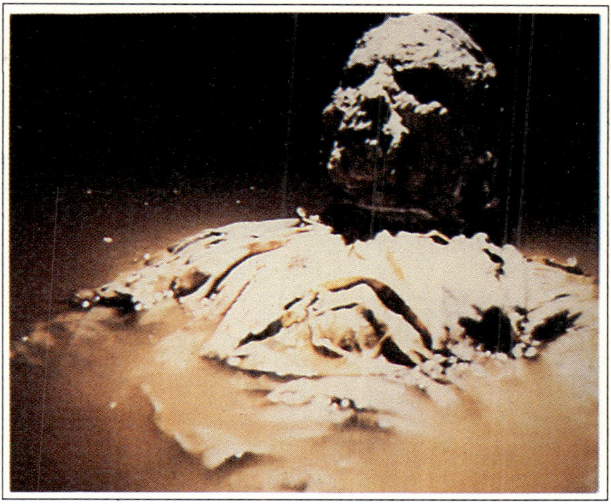

réalisateur capable du meilleur comme du pire.

Cette formule peut également s'appliquer à l'Italien Dario Argento qui, après quelques *gialli* fulgurants et deux échappées dans le fantastique le plus baroque (le superbe *Suspiria* en 1977 et l'inégal *Inferno* en 1979), effectue un retour en force avec *Ténèbres* (1982), très belle variation sur la folie homicide à dominantes rouge et blanc, mais s'enfonce dans la médiocrité avec *Phenomena* (1985) qui offrait pourtant, dans la présence d'insectes, une idée séduisante. Après une collaboration peu remarquable avec Lamberto Bava (le fils de Mario Bava, dont la seule œuvre intéressante, à ce jour, reste *Baiser macabre*, troublante variation sur la nécrophilie) dans *Démons 1* et *2*, deux films *gore* assez ringards, Argento semble vouloir revenir à ses premières amours avec *Opera*.

Grandeur et décadence du « giallo »

Demons 2 (Lamberto Bava - 1987)

Si relève il y a, elle pourrait bien venir de petits nouveaux comme Michele Soavi dont le *Bloody Bird* (1987) reprend les formules du *giallo* en l'agrémentant d'un style résolument contemporain : le cinéma d'horreur italien n'est pas aussi moribond que certains voudraient nous le faire croire.

Alors que le cinéma vomitif semble avoir épuisé toutes ses ressources et que le public se montre de plus en plus friand d'effets spéciaux intégrés dans une intrigue construite, on assiste, aujourd'hui, à un retour en force des grands monstres d'antan. Magnifiées par les développements extraordinaires de la technologie et l'émergence d'une nouvelle génération de spécialistes en effets spéciaux tous plus doués les uns que les autres, ces créatures immortelles prennent une dimension insoupçonnée.

Grand absent des années 70, la créature du docteur Frankenstein refait une timide apparition en 1981 avec *La Promise*, de Franc Roddam, réactualisation peu convaincante de *La Fiancée de Frankenstein*. Par respect pour le monstre, passons sous silence le *Frankenstein 90* (1984) d'Alain Jessua (qui avait abordé le fantastique en 1972, dans *Traitement de choc*) pour nous consacrer au thème peu utilisé de la maison hantée.

Frankenstein a le cœur en peine

Fantômes à vendre

Injustement massacré par la critique, *Shining* (1980), de Stanley Kubrick, d'après un best-seller de Stephen King, se concentre sur le personnage d'un écrivain (Jack Nicholson) qui, installé dans un hôtel du Colorado, cadre d'événements terribles, sombre graduellement dans la folie homicide. Le film détourne habilement le thème de la maison hantée pour se doubler d'une réflexion sur la raison et la folie agrémentée de superbes images hallucinatoires et symboliques.

John Irvin, lui, narre dans son *Fantôme de Milburn* (1981) la vengeance posthume d'une

Bloody Bird
(Michelle Soavi - 1987)

jeune fille noyée par quatre adolescents de la haute société. Produit (et en partie réalisé, dit-on) par Steven Spielberg, *Poltergeist* (1982), de Tobe Hooper, est un film bancal qui semble hésiter entre le fantastique onirique et l'horreur pure. Bien pâle à côté est le *Poltergeist 2* (1985) de Brian Gibson. Quant à *Poltergeist 3* (1988), de Gary Sherman, son seul intérêt est d'avoir déplacé l'intrigue dans un gigantesque gratte-ciel. Dans un registre un peu

UN FILM MALÉFIQUE

La série des *Poltergeist* serait-elle victime d'une étrange malédiction ? On serait tenté de le croire, compte tenu des événements dramatiques qui semblent frapper les interprètes des deux films. Quatre d'entre eux sont en effet morts peu de temps après le tournage. Dominique Dunne, qui jouait la sœur aînée, a été assassinée en pleine rue par son fiancé en 1982 ; Julian Beck, interprète du pasteur diabolique, et Will Sampson, le sorcier indien de *Poltergeist 2*, sont morts de maladie en 1985 et 1987. Tout récemment encore, la petite Heather O'Rourke, vedette de la série, est décédée à l'âge de sept ans, juste après le tournage du troisième épisode. Depuis, les propriétaires de la maison de Los Angeles où se déroule l'intrigue songent à déménager et les archives des deux films ont été descendues au septième sous-sol de la M.G.M. Décidément, *Poltergeist* est bel et bien un film maléfique...

Le Fantôme de Milburn (John Irvin - 1981)

Poltergeist (Tobe Hooper - 1982)

plus comique, citons *House* (1985), de Steven Miner, dont le zombie G.I. semble tout droit sorti d'une bande dessinée d'horreur des années 60 et qui fut suivi en 1987 d'un *House 2* de sinistre mémoire. Très gros succès au box-office, *S.O.S. fantômes* (1984), d'Ivan Reitman, est une œuvre loufoque garnie de monstres drolatiques.

Pérennité des zombies

Les morts vivants font preuve de leur belle vitalité en apparaissant dans toute une série d'œuvres assez réjouissantes. À tout saigneur, tout honneur, George Romero apporte une conclusion provisoire à sa trilogie avec *Le Jour des morts vivants* (1986), œuvre inégale qui, après une première partie assez bavarde, décrit avec succès l'invasion des morts vivants dans le silo à missiles où se terrent les derniers survivants : Romero et Tom Savini n'ont ici rien perdu de leur capacité à surprendre et terrifier le spectateur.

Film passé presque totalement inaperçu, *Réincarnations* (1980) est une variation des plus intéressantes sur le genre. Le shérif d'une petite localité, qui enquête sur une série de mystérieuses disparitions, découvre que ses concitoyens, son épouse y comprise, ne sont que des morts vivants ranimés par l'entrepreneur des pompes funèbres locales. La fin nous révèle que le héros, lui aussi, n'est qu'un cadavre ambulant ! Réalisé par Gary Sherman, un jeune metteur en scène qui, en 1972, nous avait offert avec *Le Métro de la mort* une variation sur le cannibalisme, *Réincarnations* bénéficie d'un scénario du célèbre tandem Ronald Shusett et Dan O'Bannon à qui nous devons le fameux *Alien.* O'Bannon, passionné par ces créatures hybrides, est ensuite passé derrière la caméra

pour son *Retour des morts vivants* (1984), œuvre parodique complètement délirante où les zombies sont, pour la première fois, dotés de la parole afin de proclamer, haut et fort, leur appétit pour les cerveaux humains. Succès aidant, le film fut suivi d'un remake assez inégal, *Le Retour des morts vivants 2* (1987), de Ken Wiederhorn, qui reprend assez platement toutes les situations du premier épisode.

Dans un registre tout aussi comique et très bande dessinée d'horreur, n'oublions surtout pas le mort vivant acariâtre de *Creepshow* (1982), de l'infatigable Romero, ni l'auto-stoppeur indestructible du médiocre

Les zombies sont de retour (*Le Jour des morts-vivants* (George A. Romero - 1986).

Un film culte : *Evil Dead* (Sam Raimi - 1982)

Creepshow 2 (1987), de Michael Gornick. Et pour terminer en beauté cette longue saga des morts vivants, trois œuvres fulgurantes qui laissent présager une longue descendance : *Reanimator* (1985) de Stuart Gordon qui, s'inspirant d'une nouvelle de H.P. Lovecraft, nous offre un petit chef-d'œuvre de *gore* comique et délirant; *Evil Dead* (1982) de Samuel Raimi, autre chef-d'œuvre de l'horreur moderne qui, filmé avec des moyens ridicules, nous révèle un réalisateur hyperdoué (horreur poursuivie avec plus de moyens dans *Evil Dead 2* (1987) où un humour très dessin animé, façon Tex Avery, permet de faire passer les pires abominations); *Le Pacte* (1987), enfin, de Clive Barker, jeune auteur de romans fantastiques anglais en qui Stephen King a reconnu un digne successeur : mélange détonant de gothique typiquement britannique, d'érotisme sulfureux et d'horreur graphique assez répugnante, cette œuvre malsaine est fondée sur la recomposition progressive d'un cadavre à partir de sang humain. Est-ce le renouveau britannique ?

Les nuits de pleine lune n'étant plus ce qu'elles étaient, le loup-garou, monstre velu et dentu, est resté longtemps dans l'ombre d'autres créatures plus aptes à s'adapter aux contraintes de la vie moderne. Il a toutefois resurgi au début de la décennie, dans toute une série d'œuvres intéressantes.

La compagnie des loups-garous

Michael Wadleigh nous offre avec *Wolfen* (1980) un très beau film dans lequel une race de super-loups possédant des pouvoirs extraordinaires tente de défendre son territoire urbain face aux agressions de promoteurs sans scrupules. Doté de superbes images subjectives qui donnent au spectateur le regard des loups, *Wolfen* est une œuvre subtile et intelligente qui parvient à réactualiser le mythe.

Un chef-d'œuvre gore : *Reanimator* (Stuart Gordon - 1985).

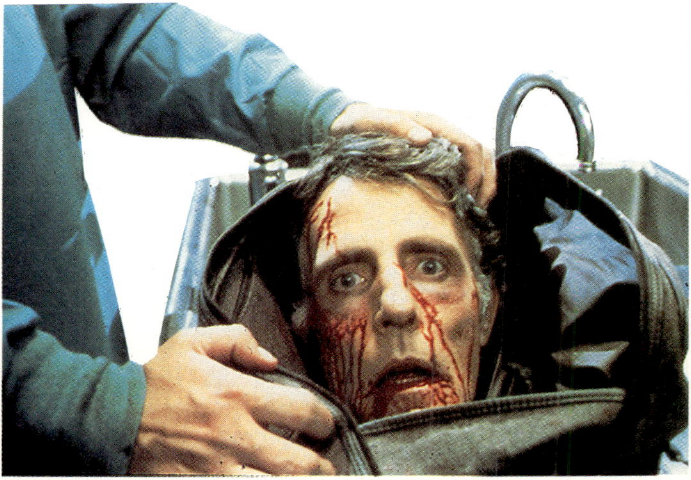

LA NOUVELLE GENERATION DES MAGICIENS DE L'HORREUR

Jack Pierce, spécialiste en effets spéciaux, suscita bien des vocations. Auteur de *The Famous Monsters Make-up Book*, ouvrage considéré comme une véritable bible en la matière, Dick Smith est l'un des artistes les plus respectés de la génération montante. Spécialisé dans les maquillages de vieillissement (celui de Bowie dans *Les Prédateurs*), il est surtout connu pour son travail dans *L'Exorciste* où il fait accomplir à la tête de Linda Blair un tour complet. Rick Baker, élève et assistant de Dick Smith, détenteur d'un Oscar pour la séquence de transformation du *Loup-garou de Londres*, et Rob Bottin, qui a accompli dans *The Thing*, de John Carpenter, des prodiges inégalés jusqu'à ce jour, sont ses successeurs les plus doués. Citons aussi Chris Walas, un petit nouveau qui monte (*Gremlins, La Mouche*), Ed French, Stan Winston, Tom Burman ou Chris Tucker *Elephant Man, La Compagnie des loups*).

Plus traditionnel, *Hurlements* (1980), de Joe Dante, reste malgré tout l'un des meilleurs films traitant de la lycanthropie. Une jeune journaliste enquête sur un fait divers criminel qui la conduit à une clinique privée où se niche, en fait, un repaire de loups-garous. Le film vaut surtout par une extraordinaire séquence de transformation signée Rob Bottin et un final splendide où l'héroïne se transforme en une « louve-garou »... à la télévision !

Écartons d'emblée les trois suites ringardes qui furent apportées à ce film (*Horror*, la première des trois, est interprétée par Christopher Lee) pour parler du *Loup-garou de Londres* (1981), de John Landis. Deux jeunes Américains en voyage en Écosse y font la triste expérience de la lycanthropie. L'un, égorgé par le monstre, se transforme en un zombie pourrissant et opiniâtre qui revient périodiquement avertir son ami du terrible danger qui le menace. En vain : ce dernier se change à son tour en loup-garou (ce qui nous vaut une autre

Le Loup-garou de Londres (John Landis - 1981).

séquence de transformation anthologique) et accomplit ses ravages nocturnes dans Londres avant d'être abattu par la police.

Inspiré d'une nouvelle de Stephen King, *Peur bleue* (1985), de Daniel Attias, est une œuvre assez banale alors que *Teen Wolf 1* et *2* sont des comédies carrément ringardes dans l'esprit des films parodiques de la fin de l'ère Universal. Plus intéressant, *La Compagnie des loups* (1984), de l'Anglais Neil Jordan, amalgame la lycanthropie et les contes de notre enfance dans une œuvre magnifique bénéficiant d'effets spéciaux

STEPHEN KING OF TERROR

Avec près de quarante millions d'ouvrages vendus et dix de ses romans dans la liste des best-sellers, Stephen King est bien l'auteur fantastique le plus célèbre au monde. Il est aussi le plus adapté au cinéma et ses ouvrages semblent constituer la source d'inspiration quasi essentielle des scénaristes américains. Brian de Palma avec *Carrie* (1976), Stanley Kubrick avec *Shining* (1980), Lewis Teague avec *Cujo* (1983), John Carpenter avec *Christine* (1983), David Cronenberg avec *Dead Zone* (1983) et Rob Reiner avec *Stand by me* (1986) nous ont sans doute donne les meilleures adaptations de ses romans. N'hésitant pas à apparaître dans certains des films où il est impliqué (le paysan ahuri d'un des sketches de *Creepshow*), Stephen King est passé, lui aussi, derrière la camera pour un *Maximum Overdrive* (1986) pas très réussi mais plutôt sympathique. Décidément, cet auteur prolifique n'a pas fini de nous étonner.

prodigieux de Chris Tucker. Cette version horrifique et onirique du *Petit Chaperon rouge* possède bien le charme vénéneux des grands classiques gothiques.

Le grand retour des vampires

Vexés sans doute d'avoir été éclipsés par leurs confrères zombies et loups-garous, les disciples du comte Dracula sortent à nouveau de leurs caveaux familiaux. Nichées dans une petite ville du Maine, ces créatures de la nuit sont finalement détruites par un jeune écrivain, dans *Les Vampires de Salem* (1980) de Tobe Hooper. Cette décevante adaptation d'un roman de Stephen King, originellement destinée à la télévision, a été considérablement amputée pour sa version européenne. Suite sans grand rapport avec l'épisode précédent, *Les Enfants de Salem* (1987), de Larry Cohen, s'attache à décrire l'existence précaire d'une communauté de vampires contraints de s'abreuver de sang de vache pour survivre et éviter le sida !

Vampire, vous avez dit vampire ? (Tom Holland - 1985)

Catherine Deneuve et David Bowie, vampires modernes (*Les Prédateurs* - Tony Scott - 1983).

Signe des temps, ce sont à présent de charmants bambins qui partent à la chasse aux vampires dans le très réjouissant *Vampire, vous avez dit vampire ?* (1985), de Tom Holland, film rempli d'humour et d'effets spéciaux remarquables.

Prenant l'apparence d'une créature ensorceleuse (*Vamp*, 1986, de Richard Wenk) ou adoptant la tenue et le véhicule d'un chauffeur de taxi new-yorkais (*Central Park Driver*, 1987, de Gerard Ciccoritti), les vampires modernes semblent n'éprouver aucune difficulté à s'intégrer dans nos sociétés. Vêtus de cuir, portant boucle d'oreille et cheveux longs, amateurs de rock, de motos et de sang frais, les vampires nouvelle vague et new-look de *Génération perdue* (1987) de Joel Schumacher et du remarquable *Near Dark* (1987) de Kathryn Bigelow subissent finalement, de toute façon, le même sort que leurs ancêtres.

Cette destinée tragique est aussi celle du couple de vampires interprété par Catherine Deneuve et David Bowie dans *Les Prédateurs* (1983) de Tony Scott, sans doute l'un des plus beaux films modernes sur le sujet. Doté d'images magnifiques tournées dans le plus pur style de l'esthétique publicitaire, *Les Prédateurs* est aussi une parabole sur le vieillissement, imprégnée de sang, de sexe et de mort.

Tendances et modes de l'horreur contemporaine

Face à tous ceux qui prophétisent périodiquement la mort du cinéma fantastique en général et de l'horreur en particulier, des œuvres époustouflantes viennent régulièrement à point nommé infirmer cette prédiction : *The Thing* (1983) de John Carpenter, catalogue incroyable d'effets spéciaux tous plus délirants les uns que les autres, *Aliens* (1986) de James Cameron, suite hyper-musclée du chef-d'œuvre de Ridley Scott, ou *Predator* (1987) de John Mc Tiernan, affrontement au sommet entre Arnold Schwarzenegger et un alien belliqueux venu sur terre chasser du gibier humain; l'horreur peut aussi apparaître au détour d'un petit polar

Street Trash
(Jim Muro - 1987).

glauque et poisseux comme *sang pour sang* (1984) de Joel Coen.

Parmi les nouveaux, Frank Henenlotter et son complice et ami Jim Muro font partie des plus prometteurs. *Frères de sang* (1982), *Brain Damage* (*Elmer, le remue-méninges*, 1987) et *Street Trash* (1987), réalisés par ces jeunes loups iconoclastes (auxquels on pourrait rajouter, dans un registre encore plus fauché, le Néo-Zélandais Peter Jackson et son répugnant *Bad Taste*, 1988), sont de véritables petites perles dotées d'un humour ravageur où les tares de nos sociétés contemporaines sont raillées à grand renfort d'explosions de corps humains (*Street Trash*), de monstruosités physiques (*Frères de sang*) ou parasitaires (*Brain Damage*).

Metteurs en scène de talent portés par un désir constant d'innover dans le genre, David Cronenberg et, dans une moindre mesure, Wes Craven nous ont donné avec respectivement *La Mouche* (1986) et *Les*

Griffes de la nuit (1985) deux chefs-d'œuvre incontournables de l'horreur contemporaine. Une adolescente en proie à des rêves abominables doit lutter contre un psychopathe répugnant armé de longs ongles d'acier coupant comme des rasoirs : *Les Griffes de la nuit* mêle étroitement imaginaire et réalité. À la suite de ce succès, cette œuvre splendide a eu trois suites assez intéressantes : *La Revanche de Freddy* de Jack Sholder en 1985, *Freddy 3, les griffes du cauchemar* de Chuck Russell en 1986, et *Freddy 4, the Dream Master* de Renny Harlin en 1988, tandis que le personnage de Freddy Krueger est actuellement, aux États-Unis, un véritable objet de culte.

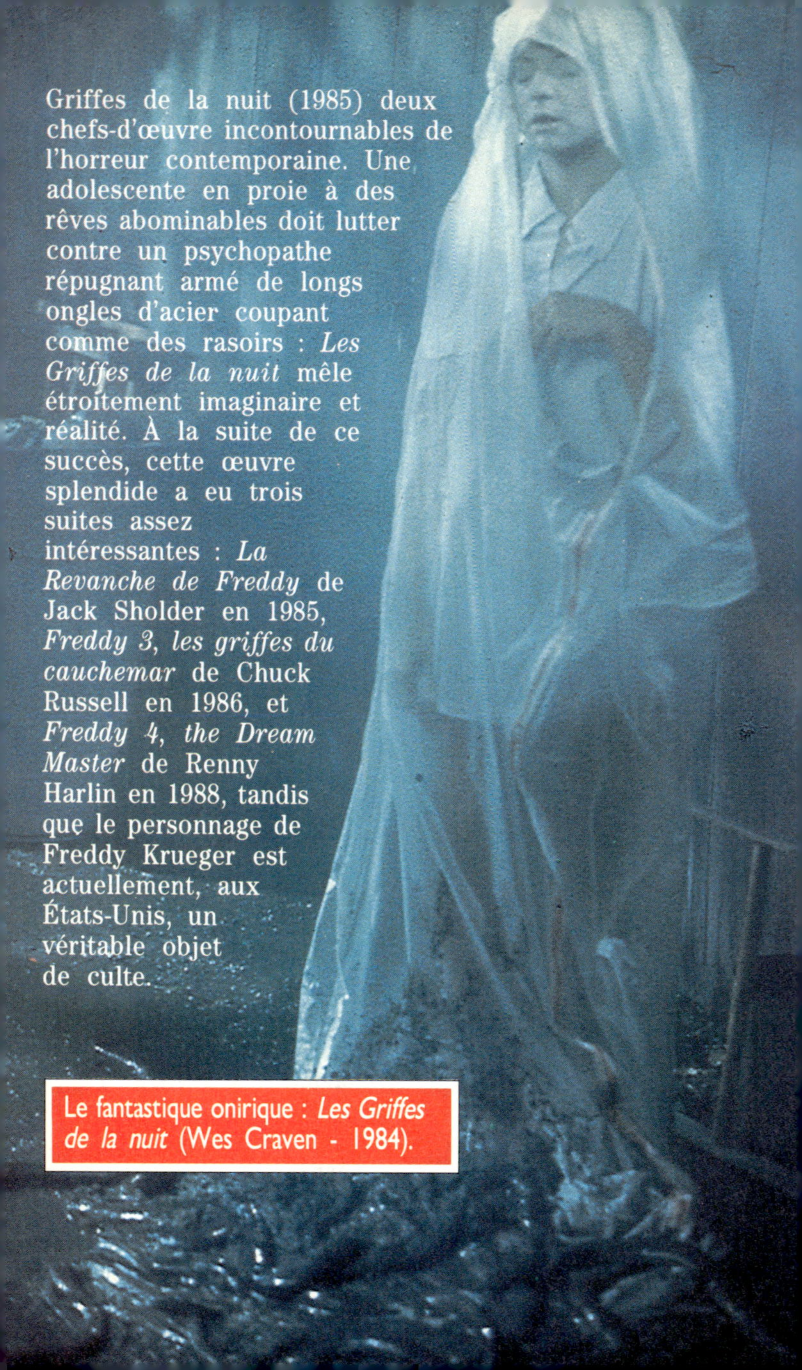

Le fantastique onirique : *Les Griffes de la nuit* (Wes Craven - 1984).

Ce cauchemar envoûtant reste, à ce jour, l'une des plus belles réussites du fantastique onirique. En 1978, puis en 1988, Don Coscarelli a, dans les méconnus *Phantasm 1* et *2*, effectué une plongée similaire dans l'inconscient d'un adolescent perturbé par la mort de son frère aîné. Remake d'un classique du fantastique tourné en 1958, *La Mouche* (1986), du Canadien David Cronenberg, est, lui, une métaphore à la Kafka sur le vieillissement et la dégradation des corps et des âmes.

Longtemps rattaché au cinéma fantastique le plus traditionnel, le cinéma d'horreur s'affirme aujourd'hui comme un genre autonome obéissant à des codes bien précis. Fluctuant et insaisissable, il a déjoué les pièges tendus par la censure et a toujours survécu, littéralement porté par un public fidèle et fanatique.

On a longtemps épilogué sur les effets nocifs et pervers de ce cinéma de l'outrance et de la mort, sans tenir compte de ses effets défoulatoires et libérateurs. Bénéficiant aujourd'hui d'effets spéciaux de plus en plus sophistiqués, de revues spécialisées et de moyens confortables, le cinéma d'horreur semble être totalement intégré à un univers contemporain qui dépasse bien souvent en violence et en horreur tout ce qui a pu être imaginé par ces créateurs de cauchemars. À ce niveau-là, ces représentations symboliques, si naïves soient-elles, sont bien l'expression de nos terreurs et de nos angoisses les plus profondes. Le cinéma d'horreur a encore une belle carrière sanglante devant lui...

Vedette :
le célèbre Freddy.

Filmographie

Les cinquante films qu'il faut avoir vus

1922 *Nosferatu*
(*Nosferatu, eine Symphonie des Grauens*) de Friedrich Wilhelm Murnau (Allemagne).

1931 *Dracula*
(*Dracula*) de Tod Browning (USA).

Frankenstein
(*Frankenstein*) de James Whale (USA).

1932 *Dr Jekyll et Mr Hyde*
(*Dr Jekyll and Mr Hyde*) de Rouben Mamoulian (USA).

Freaks
(*Freaks ou la Monstrueuse Parade*) de Tod Browning (USA).

1935 *La Fiancée de Frankenstein*
(*The Bride of Frankenstein*) de James Whale (USA).

1941 *Le Loup-Garou*
(*The Wolf Man*) de George Waggner (USA).

1943 *Vaudou*
(*I Walked With a Zombie*) de Jacques Tourneur (USA).

La Féline
(*Cat People*) de Jacques Tourneur (USA).

1945 *Au cœur de la nuit*
(*Dead of Night*) de Basil Dearden, Alberto Cavalcanti, Robert Hamer, Charles Crichton (Grande-Bretagne).

1953 *L'Homme au masque de cire*
(*House of Wax*) de André de Toth (USA).

1955 *Les Diaboliques*
de Henri-Georges Clouzot (France).

1957 *Frankenstein s'est échappé*
(*The Curse of Frankenstein*) de Terence Fisher (Grande-Bretagne).

1958 *Le Cauchemar de Dracula*
(*Horror of Dracula*) de Terence Fisher (Grande-Bretagne).

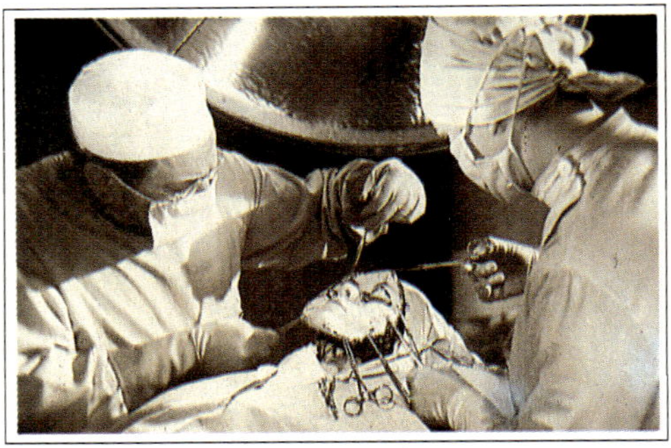

1959 *Les yeux sans visage*
de Georges Franju (France).

Jack l'Éventreur
(*Jack the Ripper*) de Monty Baker et Robert S. Berman (Grande-Bretagne).

L'Impasse aux violences
(*The Flesh and the Fiends*) de John Gilling (Grande-Bretagne).

Le Voyeur
(*Peeping Tom*) de Michael Powell (Grande-Bretagne).

1960 *Psychose*
(*Psycho*) d'Alfred Hitchcock (USA).

Le Masque du démon
(*La Maschera del Demonio*) de Mario Bava (Italie).

Les Innocents
(*The Innocents*) de Jack Clayton (Grande-Bretagne).

1961 *La Nuit du loup-garou*
(*Curse of the Werewolf*) de Terence Fisher (Grande-Bretagne).

1962 *Qu'est-il arrivé à Baby Jane ?*
(*Whatever Happened to Baby Jane ?*) de Robert Aldrich (USA).

1963 *La Maison du Diable*
(*The Haunting*) de Robert Wise (USA).

1965 *Le Masque de la mort rouge*
(*The Masque of the Red Death*) de Roger Corman (USA).

2000 Maniacs
de Herschell Gordon Lewis (USA).

Répulsion
(*Repulsion*) de Roman Polanski (Grande-Bretagne).

1968 *Rosemary's Baby*
de Roman Polanski (USA).

La Nuit des morts vivants
(*Night of the Living Dead*) de George Romero.

1972

Sœurs de sang
(*Sisters*) de Brian de Palma (USA).

Labyrinth Man
(*Eraserhead*) de David Lynch (USA).

La Dernière Maison sur la gauche
(*The Last House on the Left*) de Wes Craven (USA).

1973

Le monstre est vivant
(*It's alive !*) de Larry Cohen (USA).

L'Exorciste
(*The Exorcist*) de William Friedkin (USA).

1974

Massacre à la tronçonneuse
(*The Texas Chainsaw Massacre*) de Tobe Hooper (USA).

1975

Les Frissons de l'angoisse
(*Profondo Rosso*) de Dario Argento (Italie).

1977

La colline a des yeux
(*The Hills Have Eyes*) de Wes Craven (USA).

1978

Zombie
(*Dawn of the Dead*) de George Romero (USA).

La Nuit des masques
(*Halloween*) de John Carpenter (USA).

1979

Alien
(*Alien*) de Ridley Scott (Grande-Bretagne).

1980 *Vendredi 13*
(*Friday the 13th*) de Sean Cunningham.

Wolfen
(*Wolfen*) de Michael Wadleigh (USA).

Hurlements
(*The Howling*) de Joe Dante (USA).

1981 *Le Loup-Garou de Londres*
(*An American Werewolf in London*) de John Landis (USA).

1982 *Evil Dead*
(*The Evil Dead*) de Sam Raimi (USA).

Vidéodrome
(*Videodrome*) de David Cronenberg (USA).

1983 *The Thing*
(*The Thing*) de John Carpenter (USA).

1985 *Les Prédateurs*
(*The Hunger*) de Tony Scott (Grande-Bretagne).

Les Griffes de la nuit
(*A Nightmare in Elm Street*) de Wes Craven (USA).

1986 *La Mouche*
(*The Fly*) de David Cronenberg (USA).

Crédit photographique

Christophe L : pages 5, 8, 9, 10-11, 13, 16, 18, 19, 22, 24, 26, 28, 30, 32, 35, 37, 38, 39, 43, 45, 47, 48, 49, 50-51, 53, 54, 55, 56, 58, 59, 61, 62, 64, 65, 66, 67, 71, 73, 74, 77, 79, 80, 81, 82-83, 87, 88, 89, 92, 93, 94, 96, 97, 98, 99, 101, 103, 104, 105, 106, 111, 112, 114-115, 116, 119, 120, 122, 123, 124, 125, 126-127, 128, 129, 131, 132, 134, 135, 136, 137, 139, 140, 141, 143. Labo 4 : page 3. Philippe Ross : pages 6, 14, 17, 27, 29, 31, 38, 40, 41, 42, 44, 57, 62, 69, 75, 83, 85, 91, 94, 108, 109. Tom Conroy Photos : pages 20-21. Jacques Zimmer : pages 25, 59, 63, 68, 69. Reporters Associés : page 33. La Cinémathèque Française : page 33.

Maquette : Yves Raynaud.
Photocomposition Communication, Champforgeuil.

J'ai lu Cinéma / Éditions J'ai lu
27, rue Cassette 75006 Paris

Imprimé en France par Intergraphie à Saint-Etienne
le 20 février 1989
Dépot légal février 1989. ISBN 2-277-37014-2
Diffusion France et étranger Flammarion